私雨《わたくしあめ》

峰蔵捕物歳時記

長谷川 卓

祥伝社文庫

目次

【登場人物紹介】

峰蔵《みねぞう》：岡《おか》っ引《ぴき》。柳原《やなぎわら》の親分

峰蔵の手下――文治《ぶんじ》、三亀松《みきまつ》

駒《こま》：峰蔵の女房。時季物を扱う《節句屋《せっくや》》を営む

溝尻賢司郎《みぞじりけんじろう》：北町《きたまち》奉行所定廻《じょうまわ》り同心

◆《才槌長屋《さいづちながや》》に住む面々

源兵衛《げんべえ》：小間物屋《山科屋《やましなや》》主人。長屋の大家《おおや》を務める

春《はる》：源兵衛の女房

多兵衛《たへえ》：古椀《ふるわん》買い

吉太郎《きちたろう》：大店《おおだな》の勘当《かんどう》息子

常三郎《つねさぶろう》：妾《めかけ》を斡旋《あっせん》する仲人《ちゅうにん》

銀次郎《ぎんじろう》：大工

笹岡小平太《ささおかこへいた》：浪人

又八《またはち》：湯灌場《ゆかんば》買い

彦斎谷村栄之介《ひこさいたにむらえいのすけ》：隠居の武家。元幕臣

嶋《しま》：茶屋女

宮《みや》：夜鷹《よたか》の母を殺された女の子。十四歳

市助《いちすけ》：母は亡くなり、父は島送りになった男の子。十三歳

仁平《にへい》：火事で両親を亡くし、兄を殺された男の子。十一歳

三吉《さんきち》：両親を亡くした男の子。十歳

五作《ごさく》：父を亡くし、母に捨てられた男の子。六歳

四六《しろく》：木戸番小屋に置き去りにされた男の子。八歳

◆その他

伊太郎《いたろう》：落雁《らくがん》売り

土田玄徳《つちだげんとく》：医師

初《はつ》：産婆《さんば》

雅《まさ》：夜鷹

銑右衛門《せんえもん》：本所吉田町《ほんじょよしだちょう》の元締。
　夜鷹を取り仕切る

銑右衛門の手下――与志三《よしぞう》、横川《よこかわ》の丈吉《じょうきち》

末吉《すえきち》：寺男

細野吉郎兵衛《ほそのきちろべえ》：笹岡小平太の元同僚

悠《ゆう》：零落《れいらく》した武家の女

蔦《つた》：汁粉屋《しるこや》の女主《あるじ》

忠兵衛《ちゅうべえ》：小網町《こあみちょう》の足袋股引《たびももひき》問屋
　《津久見屋《つくみや》》の主

弥助《やすけ》：津久見屋の寮番

第一話　夜鷹《よたか》殺し

一

陰暦四月の半《なか》ば――。

この日、江戸の空はよく晴れていた。卯《う》の花が白い花を付け、苗《なえ》売りの声が辻々からのんびりと聞こえて来る。

「遅いですね」

小物問屋《山科屋《やましなや》》の主《あるじ》・源兵衛《げんべえ》は、店先に立ち、横町を凝《じ》っと見てから店の中にいる女房の春《はる》に言った。

「刻限は疾《と》うに過ぎているのにね。これじゃ巌流島《がんりゅうじま》、佐々木小次郎《ささきこじろう》ですよ、まったく」

春は、源兵衛に尻《しり》を向け、探しものをしている。また何か置き忘れでもしたのだろう。

「聞こえませんですか、そうですか。お前さんには、あたしの気持ちなんぞ、分かりゃしないんですかね」

源兵衛が待っているのは、碁敵《ごがたき》の峰蔵《みねぞう》だった。生業《なりわい》は御用聞きである。

約束の刻限は八ツ半（午後三時）。既《すで》に、四半刻（約三十分）は過ぎている。

山科屋は内神田富松町《うちかんだとみまつちょう》にあり、源兵衛は、地主から裏にある長屋の差配《さはい》を任された大家《おおや》でもあった。元は源兵衛店《だな》と言っていたが、今では源兵衛の才槌頭《さいづちあたま》をもじった、才槌長屋の名で知られている。

横町から飛び出し、こちらの方へ走って来る者がいた。峰蔵の手下の三亀松《みきまつ》だった。

「いやですよ。来られないなんてのは、なし、ですよ」

三亀松は、源兵衛の顔を見るなり、済まなそうに頭を下げた。

「申し訳ございません。親分は間もなく顔を出す……には出すんですが」

「何だい。はっきりしないね」

「実は、また捨て子がありやして。親分と姐《ねえ》さんが、後でこちらに」

「分かりました。碁を打ちには来られないけど、来ることは来るってことなんだね」

「流石《さすが》、大家さん、飲み込みが早いや」

「何だろうね、この人は。ま、そう言うことなら、仕方ありませんが」

本当に面倒見のいい親分だよ。そう言えば、と源兵衛は思った。そもそもの始まりは、碁打ちの時だったね。峰蔵が盤上の石を見詰めながら、言い出したのだった。

捨て子が多い。何とかしたいんですが。

――そりゃ、何とかしてやりたくてもねぇ。だいたい、里親のなり手がいない。みんな、自分のことで手一杯ってのが、世の中ってものでしょう。

源兵衛は眉《まゆ》をしかめて見せた。

――そうかも知れやせんが。いつ見付かるか分からねえ里親を待っている間、子供らはあちこちと盥回《たらいまわ》しにされてるんですぜ。

そこで、考えたんですがね。

峰蔵の話はこうだった。長屋の持ち主である家主《いえぬし》に話を付けて、才槌長屋の店《たな》を一軒借りる。そこへ、子供たちを集めて住まわせる。峰蔵と源兵衛が、子供らの様子に気を配り、独《ひと》り立ち出来る年頃まで面倒を見るというのだ。

源兵衛は、考えた末、その話に乗った。家主も、二人が面倒を見るのなら、と快《こころよ》く応じてくれた。お蔭《かげ》で源兵衛夫婦にも、子供らの成長を陰《かげ》になり日向《ひなた》になりして見守る、というまたとない楽しみが出来た。

捨てられてた場所ってのはどこだい？　源兵衛が訊《き》いた。

「詳しい話は、よく知らないんですが」

内神田小泉町《こいずみちょう》の木戸番小屋の番太郎が、木戸を入ったところにある呉服問屋に用があるから、と子供を預けられ、安請《やすう》け合《あ》いしている間に置き去りにされたらしい、と大雑把《おおざっぱ》なところを伝えた。

「《京屋《きょうや》》さんですね、多分」

呉服問屋の名が何であろうと、三亀松にはどうでもよい話だった。早く戻って、兄貴分である文治《ぶんじ》の聞き込みの手伝いをしなければならない。

「それで、言付《ことづ》けです。子供を連れて来るけれど、その時には」

「外に出ているな、ですね」

子供を置き去りにした親が、どこの誰に拾われるか、見届けようとするかも知れない。そこで、今子供を預かっている小泉町の自身番《じしんばん》から、峰蔵の女房の駒《こま》が子供を連れて来る時、誰か親らしいのが尾《つ》けていないか、親分が後から見張りながら来る、という算段であることは、前にも経験があり、言われなくても分かっていた。そんなに、惚《ぼ》けちゃいませんよ。

「ならば、結構でございやす。それじゃ、ご免《めん》なすって」

三亀松が向きを変え、走り出すのを見送ると、源兵衛は急いで店に入り、春に言った。

「大変ですよ、またですよ」

春はちらり、と源兵衛を見ると、

「今度は」と言った。「親分の縄張りの外《はたけ》ですね」

小泉町は神田お玉《たま》ケ池《いけ》の東隣である。峰蔵の縄張りは、富松町と豊島町《としまちょう》の一、二、三丁目であった。町を三つも跨《また》いでいる。

「小泉町の衆は、面倒だから、と逃げたんですかね」

捨て子を見付けた時は、十歳になるまで見付けた町内で責任を持って面倒を見なければならない。面倒を見つつ、育ててくれる里親を探すのである。拾ったからには、知らん顔をして逃《のが》れる術《すべ》はなかった。

源兵衛と峰蔵が子供を預かる代わりに、本来子供の面倒を見るべき小泉町は、富松町に子供の費《つい》えを支払う。金を出すのは仕方がないが、実際に子供の世話をするのは真《ま》っ平《ぴら》ご免、と逃げを打ったように春には思えたのだ。

「そうかも知れないけれど、ひょっとしたら、寂しい思いをさせないように、とこっちで同じ身の上の子らと暮らせるように計《はか》らってくれたのかも知れないよ。それだけ、親分のことも、ここのことも、知られて来たってことだろうね」

「でも、心ない噂《うわさ》が流れて来ることもありますよ」

「聞いてるよ」

駒は《節句屋《せっくや》》という時季物を主にした担《にな》い商《あきな》いの店を営んでいた。そのため、峰蔵の懐《ふところ》具合《ぐあい》は温かく、町の衆にたかるような真似《まね》は金輪際《こんりんざい》しなかった。金にきれいな親分だと、縄張り内の評判もよかった。だが問題は、節句屋で子供たちが働いていることだった。

「綺麗事《きれいごと》言ってやがるが、あそこは寄場《よせば》みてぇなもんだよ」と、無宿人を一所《ひとところ》に集めて人足《にんそく》として働かせる石川島《いしかわじま》の人足寄場になぞらえて、後ろ指をさす者までいた。

長屋で店を一軒借りて暮らすには、それなりに金が掛かる。十歳までは店賃を含め、毎日の費えのすべてを町が支払うが、十一を超えると払ってはくれない。

今長屋にいる子供は、十四歳を頭に、十三歳、十一歳、十歳、六歳の五人である。町から支給される金は、下の二人の分しかない。地主と大家の裁量で、店賃は払わなくてよかったし、峰蔵らが他の掛かりは支払ってやるので、特に困ることもなく暮らしていけたが、それは町の衆の知らないことであった。

甘えていたくないからと、少しでも手伝いたいからと、節句屋で働いている子供らの心のうちを知っているのは、源兵衛夫婦と峰蔵らだけであった。

「何、真《ま》っ直《す》ぐ生きてりゃ、必ず分かってもらえるさね。人というものは……」

「今度は」と、春が訊いた。「男の子ですかね、女の子ですかね」

言われて、聞いていなかったことに気が付いた。

「お前さんは、肝心なことを忘れるんだから。褌《ふんどし》を縫《ぬ》ってあげるか、腰巻きを縫ってあげるかじゃ、えらい違いなんですからね」

「はいはい」

折角《せっかく》いい話をしようとしていたのに。源兵衛は、むっとして店に上がると、春を店先に座らせ、奥に下がった。

「そこでいいんですか。外が見えないでしょうに」

「あたしゃ、顔に出ちまうから、引っ込んでいるんですよ。鉄面皮《てつめんぴ》のお前さんが羨《うらや》ましいよ」

二

峰蔵は、子供を連れた駒が才槌長屋に消えるのを見送りながら、暫《しばら》く木戸口を見張っていたが、二人の後を尾けている者はいなかった。

子供を置き去りにした女は、その子がどうなるのかを見届けもせずに、姿を消したことになる。となれば、名乗り出て来ることは、望めないだろう。

峰蔵は、ふっと息を吐《つ》き、木戸脇にある山科屋に入った。奥にいた源兵衛が飛び出すように現れた。

「また一人増えてしまいました。お手数ですが、奉行所への知らせと人別帳《にんべつちょう》など、よろしくお願いいたします」

「何を仰《おっ》しゃいます。お願いするのはこちらの方でございますよ。ここでは何です。中で経緯《いきさつ》を聞かせてもらいましょう」

「へい」

源兵衛が上がるように、と手で框《かまち》を指し示したが、峰蔵は一旦店を出、長屋の木戸を潜り、山科屋の裏口に回った。毎度源兵衛には表から入るように言われるのだが、店の土間に雪駄《せった》を脱ぐのは憚《はばか》られた。奥に客が来ている、と買い物に来た者に見せ付けては、商いの障《さわ》りになるように思えるのだ。

裏から上がった峰蔵は、居住まいを正して、置き去りにした母親が書き記したと思われる半切れを源兵衛の前に差し出した。子供に持たせていた風呂敷《ふろしき》包みの中に、着物と褌とともに入れていたものだった。半切れには、子供の名と生まれた年月日が記されていた。

「名は四六《しろく》。寛政《かんせい》の九年（一七九七）。巳年《みどし》生まれ、八歳。ご覧の通りで」

「どうして四六という名前なんでしょうね？」春が横から訊いた。

「そんなこと、分かりませんよ」源兵衛が答えた。

「父親が四十六歳の時の子供だったとか」

「あっしらも、そう思いまして、子供に訊きましたが」峰蔵が、源兵衛と春に、首を横に振って見せた。

「風呂敷に何か書かれていませんでした？　どこかでお祝いに配ったものなら、贈り主の名前が染め抜かれているかも知れませんしね」

「よいところに気が付いたね」源兵衛が、峰蔵を見た。やはり、首を横に振るのを見て、一つ咳払《せきばら》いをし、

「親分に手抜かりはないのだから、少し黙っていなさい」春を叱《しか》ると、峰蔵に詳しく話してくれるように言った。

峰蔵は、四六が小泉町の木戸番に預けられたところから、順を追って話した。

「置き去りにされたのは、これで二人目ですね」源兵衛が言った。

「前の子は一年前、五歳の時でした。この子は八歳になっていますので、母親がうまく騙《だま》したんでしょうね」

「後を追えないくらいの年でないと、置き去りには出来ないですからね」

一人目の五作《ごさく》の時は、麻疹《はしか》で父親が死んだ四日後に、五歳になる五作を長屋に残したまま、母親が行方《ゆくえ》知れずになったのだった。この長屋に連れて来られた当座は、夜も昼も、一日中泣いていた。

「お宮《みや》がしっかりしているので、助かります」

宮は十四歳。三年前の十一歳の時、夜鷹《よたか》をしながら女手一つで育てていた母親が、遊び代を踏み倒そうとした商家の手代に絞《し》め殺された。器量も心根もよい宮には、何人もの引き取り手が名乗り出た。夜鷹の元締《もとじめ》が養女として貰《もら》い受ける、という話まであった。それらの中から、才槌長屋での暮らしを選んだのは、宮自身だった。

その頃は、十歳と八歳と七歳という、三人の子供が借店住まいをしていた。火を出さないように、と手伝いの者を置くなどして、駒が天手古舞《てんてこまい》していたのを見兼ねたのかも知れない。口には出さずとも、人の心を深く思いやれる娘だった。手伝いの者は、宮が月のものを初めて見た十三の頃まで、長屋にいた。

「人は苦労してこそものになるものだ、とつくづく思いますね」

誰のことを言っているのか、峰蔵は直ぐに分かった。店子の一人、吉太郎《きちたろう》のことだった。大店の跡取りに生まれたのだが、怠惰《たいだ》な暮らしに明け暮れ、勘当《かんどう》されてしまっているのだ。宮に引き比べると、まったく箸《はし》にも棒にもかからない、と言いたいのだろう。しかし吉太郎は、荒《すさ》んだり、拗《す》ねたりしたところがない、あっけらかんとした男で、峰蔵は嫌いではなかった。

「今夜は？」

「駒を泊めるつもりでおります」

「それがよいかも知れませんね。ちょっと、様子を見に行きましょうか」

「へい」

裏口から長屋の路地に出ようとすると、落雁《らくがん》売りの伊太郎《いたろう》とぶつかりそうになった。伊太郎は落雁の入った箱を咄嗟《とっさ》に庇《かば》った。落雁は干飯《ほしいい》を粉に挽《ひ》いたものを炒《い》り、砂糖汁で練り、型抜きした菓子だ。伊太郎は時折、商いの途中や終わりに、壊れて売り物にならなくなった落雁を、子供らに届けに寄ってくれていた。

「済まねえ。大丈夫か」峰蔵が声を掛けた。

「こちらこそ、相済みません。ぼんやりしていたもんですから」

「伊太郎さん、いつも悪いねえ」と源兵衛が言った。「あんたは、偉い御仁《おひと》だ。皆があんたのような人だと、世の中もちいっとは、よくなるんだけどね」

「とんでもないことです。子供たちの喜ぶ顔見たさで、しているだけですから」

伊太郎は箱を抱えると、逃げるようにして長屋を出て行った。

「ありがとよ」

伊太郎の背に言い、路地を抜けた。向かい合わせに、壁で仕切られた借店が五軒ずつ並んでいる。子供らの借店は向かって右側の一番奥にあった。その先は、井戸と後架《こうか》とごみ捨て場になっている。他の店子が後架近くを嫌ったのと、子供らだけの住まいなので騒がしいから、と隅《すみ》を宛《あて》がわれたのである。

刻限からすると、とっくに煮炊《にた》きをしている頃合なのだが、店子に夫婦ものがいないせいか、僅《わず》かに三軒の借店から煙が上がっているだけだった。常三郎《つねさぶろう》という妾《めかけ》の斡旋《あっせん》を生業にしている者と、浪人と、勘当息子の三軒である。子供らの借店から煙が上がっていないのは、四六が来たために支度《したく》が遅れているからなのだろう。

「感心ですね」源兵衛が開け放たれた腰高障子《こしだかしょうじ》の前を通りながら、勘当息子の吉太郎に声を掛けた。「おまんまを決まった刻限に食べる。それが暮らしってもんですからね」

「仰しゃる通り。私はね、一刻（約二時間）前から心を入れ替えたんですよ。まあ、これからの私を見ていてくださいな」

「何かあったのですか。一刻前に？」源兵衛が足を止めた。

「別に、何もございませんけど」

「じゃあ、何でそう思ったんです」

「空を見上げておりましたらね、烏《からす》が一羽飛んで行きましてね。で、それを見ていたら、何となく、これではいけないな、と思ったんですよ」吉太郎は、菜箸《さいばし》で空の上の方をのんびりと指した。

「……ま、思わないよりは思った方がよいでしょう。それじゃ」

「子供たちのところですか」

「はい」

「また増えたようですねえ。てめえで言うのも何ですが、ここにも親に見捨てられた可哀相《かわいそう》なのがおりますんですよ。お忘れかも知れませんが」

「はいはい」源兵衛は吉太郎を適当にあしらい、峰蔵を振り返った。「参りましょう」

「へい」

「真面目《まじめ》に聞いて損をしました。伊太郎さんとはえらい違いですよ」

奥の借店に着いた。開けっ放しの戸口から、中がすっぽりと見えた。

駒が四六と並び、二人を取り囲むようにして、子供らが座っていた。左から市《いち》助《すけ》、十三歳。仁平《にへい》、十一歳。三吉《さんきち》、十歳。そして五作と宮。

駒は話を締めくくると、四六を促《うなが》した。四六が、手を突いて頭を下げている。その手の脇に、底の浅い鉢《はち》が置かれてあった。伊太郎の落雁が入っているのだろう。

源兵衛が洟《はな》を手の甲で拭《ぬぐ》った。湿っぽくさせてはいけねえ。峰蔵は、源兵衛の背をぽん、と叩《たた》いて、土間に威勢よく入った。

「皆、腹減っただろう。今夜は豪勢に食おうぜ。用意をしておくから、市助、仁平と三吉を連れて湯屋に行って来てくれ」

「五作は？」

「四六もいるし、後で、うちのが連れて行く」

「分かりました」

市助が、二人に手拭《てぬぐい》を持つように、と言った。


翌朝、六ツ半（午前七時）。

峰蔵が、手下の文治、三亀松と朝飯を食べているところに、才槌長屋から駒市助と仁平を伴《ともな》って帰って来た。店先で振り売りの者たちと大声で話している。

節句屋に出入りしている振り売りの者は、総勢二十数名になるが、皆が皆、毎日精を出して働く訳ではない。二日に一度とか、三日に一度とか働く手合いが多い。そうした振り売りの者たちを塩梅《あんばい》して売り歩かせ、歩合《ぶあい》を払うのである。

「姐さん、こないだは、ぺんぺん草が売れたそうでやすね？」声からすると、粂《くめ》と呼ばれている齢《よわい》七十を超えた爺《じい》さんだった。

「誰から聞いたの？」

「留《とめ》の奴でやすよ」留もまた、七十を過ぎた振り売りだった。

「留さん、がんばったのよ。二度も取りに戻って来たわよ」

「野郎、ご機嫌で下り酒を三合も飲んでやした」

ぺんぺん草とは、薺《なずな》のことで、四月八日に摘《つ》んだそれを行灯《あんどん》の中に逆さに吊《つ》るしておくと、虫除《むしよ》けになると信じられていた。一日だけの時季物商いだった。

「今日は何を売りやしょう?」

「ちょいと待ってね。亭主に顔を見せて来るから」

「あれま、朝帰りですかい? こりゃ、艶《つや》っぽいことで」

「何だ、知らねえのかい?」隣にいた男が粂に、小泉町でな、と話し掛けている。

駒は、市助らの背を押すようにして、内暖簾《うちのれん》を撥《は》ね上げて、奥に姿を消した。

土間の左手は台所になっていて、竈《かまど》や流し台があり、右手は座敷になっている。駒は市助と仁平を框《かまち》に腰掛けさせると、箱膳をちらと見た。亀戸大根《かめいどだいこん》の漬物と納豆汁《なっとうじる》に切り昆布《こぶ》の佃煮《つくだに》が並んでいる。

「世話かけたね。どっちだい?」

「文治の兄《あに》ぃです」三亀松が飯を搔《か》き込みながら言った。

「だったら、味は丁度いいね」

「姐さん、それはないっすよ」三亀松の口から飯粒が飛んだ。

「口答えしてないで、食っちまいな。今日は、あんたも出てもらうんだからね」

昨日から言われていたことだった。三亀松は、へい、と答えて、納豆汁を流し込んだ。

「ご苦労だったな。どうだったい？」峰蔵が茶を啜《すす》りながら駒に訊いた。

「後で話すけど、多分大丈夫だと思うよ」

「泣いてたよ」仁平が言った。

「そうか……」峰蔵が湯呑《ゆの》みをそっと置いた。

「しょうがねえよ。もちいっと大きくならねえと、なかなか堪《こら》えられねえよ」

仁平は四六より三つ年上に過ぎない。

峰蔵と駒、文治と三亀松が同時に噴《ふ》き出した。市助が仁平の頭を小突いた。

「生意気《なま》言うんじゃない。俺たちだって泣いたんだ」

「へへっ」仁平が頭を掻いて見せた。

駒が、三亀松に食べ終わったか、訊いた。

「終わったら、市助と仁平の三人で着替えておくれ。着るものは、帳場前の木箱に入っているからね」

三亀松が立ったのに合わせて、文治が手早く膳を片付け始めた。

「文治、それは後であたしがやるからいいよ」

「そんな、造作《ぞうさ》もねえことです。姐さんは表の方の指図をお願いしやす」

「そうかい。じゃ、お前さん、三亀松を借りるよ」

「おう」

峰蔵は煙草盆《たばこぼん》を引き寄せると、火皿に刻み煙草を詰め、火入れに寄せて、動きを止めた。火入れに埋み火《うずび》が入っていない。煙管《きせる》を宙に漂わせていると、

「親分、申し訳ござんせん」

文治が火入れを手に取り、熾《おこ》した炭を灰に埋めた。峰蔵が煙草盆を引き寄せた時に気付き、消し壺《つぼ》を取り出し、消し炭を竈の残り火に置いていたのだ。

「ありがとよ」

峰蔵が一服点《つ》けていると、表の声が大きくなった。笑い声に囃《はや》すような声も混じっている。

「親分と文治に見せて来な」駒の声もする。

何事か、と待っていると、火の玉のような真っ赤な筒袖《つつそで》の着物に股引《ももひき》を穿《は》き、これまた赤い手拭を姐さん被《かぶ》りにした三人が、大中小の揃《そろ》い踏《ぶ》みをして現れた。

思わず峰蔵も文治も、声を上げて笑ってしまった。

「唐辛子《とうがらし》売りか。こいつはいいや。火の粉《こ》が散ったみてえじゃねえか。売れるぜ」

唐辛子の小袋を仕込んだ、真っ赤な唐辛子の張りぼてを背負い、町中を巡《めぐ》るのである。時季物が手隙《てすき》な時は、このような振り売りも引き受けた。

「兄ぃ」三亀松が眉を八の字にして、情けない声を上げた。

「そんな顔をするな。間違いなく娘っこに取り囲まれるぜ」

「ですか、ね？」三亀松が駒に訊いた。

「あたしなら、飛び付くよ」

「支度が出来たら、行くぞ」三亀松が急に勢い付いて、市助と仁平に声を掛けた。

駒が、三亀松ら店に集まっていた者たちを、切り火を切って送り出した。俄《にわか》に店先が静かになった。

「親分」と器を洗い終えた文治が、框に手を突いた。「あっしは、自身番《ばんや》を見回って参ります」

奉行所の手を煩《わずら》わせるような大事《おおごと》でなければ、御用聞きの才覚か、町役人《ちょうやくにん》の料簡《りょうけん》で片付けた方が、町屋の者にとってはありがたいことだった。事を大きくし、奉行所に呼び出されでもすると、紋付《もんつ》き袴《はかま》で数日通わなければならず、仕事にならなくなるのである。

「頼んだぜ」

「へい」文治が、小気味のいい身ごなしを見せて、節句屋を後にした。

「お前さん、ありゃいい御用聞きになるね」駒が框に腰掛けて言った。その場所からは、店の出入りが見通せた。

「楽しみだな」

「お前さんを十かそこら若くしたら、そっくりだよ」

文治は二十三歳。家業の髪結いは兄が継ぎ、自身は好きな捕物にはまり込んでいる。

「あの頃に戻りてえよ」

「おや、聞き捨てならないね。本気かい？」

峰蔵は三十六歳。駒は三十歳。所帯を持って八年になる。子を授《さず》かる兆《きざ》しは、まだない。

「そんなことより、四六が泣いたと言ってたが、どうだったんだ？」

「あたしゃ、それで感心したんだよ」

「誰に、だ？」

「市助だよ。決まってるじゃないか」

「おめえの話は見えねえんだよ。何に感心したのか、そこんとこから話してくれ」

それがさ、と駒の話は、昨夜峰蔵らが長屋を引き上げた後から始まった。

「四六は、あたしゃお宮の陰に隠れるようにしていたんだけど、あたしたちは片付けをしなきゃならないだろ。甘やかし過ぎてもいけないから、市助たちに見てもらっていたんだよ」

その時になって、ふいに寂しさが込み上げて来たのか、おっかあはまだ来ないのか、と四六は火が点《つ》いたように泣き始めた。

「おっかさんは、御用があって遠くに行ってるって、言い聞かしてあったからね」
四六、と市助が話し掛けた。おれの親父《ちゃん》は、島送りになっている。御赦免《ごしゃめん》になるか、ならないかは、分からない。おれの言うことが、分かるか。戻って来るか、来ないのか、分からないってことだ。
四六が泣き腫《は》らした目を擦《こす》りながら頷《うなず》いた。

そしてな、かあちゃんは疾《と》うの昔に死んじまってる。こいつの、と言って仁平を指し、親父とかあちゃんは火事で焼け死に、兄ちゃんは殺された。

えっ、という顔をして、四六が仁平を見た。仁平は、へへへっと笑っている。

市助は続けた。

五作の親父は麻疹《ましん》で死に、かあちゃんはいなくなった。三吉の二親《ふたおや》も死んじまった。あのお姉ちゃんには、かあちゃんしかいなかったんだけど、殺されてしまった。

——ほんと…？　四六が掠《かす》れ声で言った。

——本当だ。みんな、独りぼっちなんだ。だけどな、ここにいれば、独りぼっちじゃないんだ。おれも仁平も、三吉も五作も、お宮姉ちゃんもいるんだからな。四六のかあちゃんは、どこか遠いところに御用で行っているらしいけど、生きているんだ。必ず帰って来る。それまでは、おれたちと一緒にいよう。さみしくなんてないぜ。こんなにいるんだからな。

四六が頷いた。唇を強く噛《か》み締めている。

——八つ、か……。市助が言った。

四六が三吉と五作を見てから、市助を見上げた。

――八つなら、出来る。今日一日で、いろんなことがあった。その一つ一つのすべてを覚えておくんだ。そしてな、一日に一度はかあちゃんの顔と声を思い出すんだ。そうすりゃ、好きな時に思い出せるから。分かるな。

「……そんなことを言うんだよ」駒が袂《たもと》で目許《めもと》を拭いた。「四六には、捨てられた、なんて言えないからね。あたしゃ、貰い泣きしちまったよ」

「出来過ぎだ」峰蔵は雁首《がんくび》を灰吹《はいふ》きに叩き付けた。「誰かが、そんなことを言ったのを聞いていたのかも知れねえぞ」

「憎《にく》たらしいことを言う人だね。でも、それでもいいよ。しっかり自身《じぶん》の口から出た言葉だからね」

「違えねえ。お前も大きくなったもんだ」

「あい」駒が科《しな》を作って見せた。

「よせよ、気色悪い」

「まあ、お言いだね」

「今、何をしてるんでえ？」峰蔵が火皿に煙草を詰めながら訊いた。

「四六かい？　お宮と片付けをしてたから、追っ付け来るだろうよ。来たら、

《文香堂《ぶんこうどう》》さんのところへ挨拶《あいさつ》に連れて行こうかと思って」

文香堂は、豊島町二丁目の醬油酢問屋《しょうゆすどんや》《横田屋《よこたや》》の隠居・新左衛門《しんざえもん》が開いている手習所《てならいどころ》だった。手習所は、六、七歳に登山（入学）し、男の子は十一、二歳で、女の子は十三、四歳で下山（卒業）した。

長屋の子供たちの中では、下山しているのは市助だけで、宮にしろ仁平にしろ、手習所に通っていない期間があったため、まだ通っていた。手習所には、そのような子供もたくさんいたのである。

「いろいろと造作を掛けちまうな」

「いやだよ、お前さん。逆にこっちがお礼を言いたいくらいなんだから。そりゃあ、最初は子供を預かるなんて、何て面倒なと思ったこともあったけど、今じゃ……」

と言って口を閉じ、跳《は》ねるようにして駒は立ち上がった。

表の暖簾が揺れて、宮に手を引かれた四六が土間に立っている。

「こっちへおいでな」駒が内暖簾から顔を出して手招きした。

四六は、宮に従って奥に入って来た。

「ここはね、四六たちの家なんだからね。遠慮はなしだよ」

お茶、淹《い》れとくれ、宮に言って、駒が四六を座敷に上げた。

宮が台所に立って、消し炭を七輪《しちりん》に移している。前の月までは長火鉢の火を絶やさないようにしていたのだが、衣替えを境に、家に居続ける時以外は火を落とすようにしていた。

七輪の火が熾《おこ》り始めた。宮が水瓶《みずがめ》の蓋《ふた》を開け、鉄瓶《てつびん》に水を注ぎ入れている。

「どいた、どいた」

通りを大声を発しながら走って来る者がいた。宮が柄杓《ひしゃく》の手を止め、聞き耳を立てた。

足音が店の前で一つ大きく弾《はず》むと、暖簾を分けて、黒い影が飛び込んで来た。文治だった。

「親分は？」内暖簾の陰にいた宮に訊いた。

「こちらです」奥を指さした。

文治は、勢いよく駆け込むと、大変です、と言った。

「柳原《やなぎわら》の土手で夜鷹が殺されやした」

宮の手から、柄杓が滑り落ち、大きな音を立てて転がった。

三

柳原の土手は、筋違《すじかい》御門と浅草《あさくさ》御門の間にある神田川南側の堤《つつみ》で、長さは十町（約一〇九〇メートル）。昼は土手下の通りに古着屋が並び、夜は夜鷹の稼ぎ場所になることで知られていた。

夜鷹の女が殺されていたのは、神田川に架かる和泉橋《いずみばし》と新シ橋《あたらばし》の中程の窪地《くぼち》であった。素手で首を締められた後、土手の上から蹴落《けお》とされたらしい。

死骸を見付けたのは、窪地の近くで古着屋を営む壮吉《そうきち》だった。小用を足そうと店裏の藪《やぶ》に入って、女の死骸に気が付いたのだ。通りの古着屋は、床見世《とこみせ》と呼ばれる人の住まない簡便な作りの見世で、後架の設備もない。用を足す時は、近くの長屋のを借りるか、土手を搔き分けるしかない。

ぎゃっ、と一声叫んで、壮吉が豊島町の自身番に転がり込んだところを、縄張り内の自身番を順繰りに回っていた文治が見掛けたのだ。

「どうした？」

壮吉と自身番の大家に死骸の見張りを頼むと、店番を奉行所に走らせ、自身は節句屋へと駆けたのである。

「よし。案内しろ」

峰蔵は十手《じって》を腰に差すと、駒の切り火を背に受け、裏通りから横町へと飛び出した。

まだ町の者は気付いていない。穏《おだ》やかな顔をして歩いている。

「ご免よ」峰蔵と文治は、行き交う人を巧《たく》みに躱《かわ》し、壮吉の古着屋の脇に回った。壮吉と大家が、ひどく情けない顔をして見張りを続けていた。この一件で何度か奉行所に呼び出されることになるだろう、と観念した表情だった。

峰蔵は、壮吉に死骸の場所を訊き、藪に入った。

女は口を開け、目を張り裂けんばかりに見開いていた。首筋を見た。黒く指の痕《あと》が付き、咽喉《のど》が落ち込んでいる。勒死《ろくし》だ。首を絞められて殺されたに相違ない。

「もう少しの間、頼むぜ」

峰蔵は、壮吉と自身番の大家に、藪に人が立ち入らぬよう見張らせると、もう一人の大家を医者の許《もと》に、自身番の書役《かきやく》を産婆《さんば》の許に、それぞれ走らせた。医者は死因と死んだ刻限を割り出すためであり、産婆は女の秘所などを検《あらた》めさせるためだった。

その間に峰蔵と文治は、手分けしてこの辺《あた》りに不審な者がいなかったか、通りの古着屋に訊いて回った。同心の来るのを漫然《まんぜん》と待ってはいられない。軒並《のきな》み当たったが、それらしい者を見掛けた者はいなかった。

「無駄骨だな。止《や》めるぜ」

医者と産婆は、ともに同じ町内の者だったので、程なくして現れた。

それから暫くして、月番の北町《きたまち》奉行所定廻《じようまわ》り同心・溝尻賢司郎《みぞじりけんじろう》が、中間《ちゆうげん》を伴って駆け付けて来た。

溝尻は、女の死骸をちらと見ると、懐紙《かいし》と矢立《やたて》を峰蔵に渡し、

「書いたら、女を移してくれ。話はその後だ」

咽喉がからからだ。茶をくれ。見張りに立っていた大家に言った。大家が、溝尻を自身番に案内している。

峰蔵は、文治と壮吉に手伝わせて、死骸の見付かった場所と、顔と身体がどのような向きで死んでいたか、着物の乱れ具合はどうだったかなどを詳細に書き取り、死骸を自身番に移した。畳に油紙を敷き、その上に横たえた。

「ご苦労だった」

溝尻は懐紙に目を通すと、医者に死因といつ頃事切れたのかを調べるように言った。

「済まねえ。終わるまで、出ててくれ」峰蔵は、大家たちを自身番の外に出すついでに、店番に早桶屋《はやおけや》へ走るよう頼み、障子を閉めた。

「着物を」と医者の土田玄徳《つちだげんとく》が言った。産婆の初《はつ》と文治の手で、着物や腰巻きが解かれた。

刺し傷や斬《き》り傷の類《たぐい》は、どこにもなかった。文治が女の着物を丹念に調べ始めた。

「念のために」と初が、足の付け根辺りをよく見てから膣《ちつ》と肛門《こうもん》を調べた。膣に釘を打ち込むという事件が一年前に起こっていた。

「取り立てて、怪しいものはございませんです」初が言った。

「勒死以外の何ものでもありませんな」玄徳が言った。

「瘡《かさ》っ気《け》（梅毒）もないようでございますね」初が玄徳に言った。陰部などに、横根《しこり》はなかった。

「そのようだな。珍しいことだ」玄徳が初に代わって屈《かが》み込み、女の手足に触れた。硬くなっており、肘《ひじ》も膝《ひざ》も曲がらない。身体を起こし、背中を見た。紫色の死斑《しはん》が背を覆《おお》っていた。

「殺されたのは、昨夜の夜九ツ（午前零《れい》時）前後でしょうな」

峰蔵も、女の身体を見回した。まだ四十前なのだろうが、女の身体はひどく老けていた。乳にも腰にも、大年増《おおどしま》の持つこってりとした脂が感じられない。

「夜鷹暮らしは長そうだな。何年と見る？」峰蔵が初に訊いた。

「そうさねえ」初は、もう一度膣を広げるようにして見てから、「三年や五年とは思えませんね」

「十年？」

「せいぜいそんなところでしょうかねえ」

「で、瘡っ気はねえのかい？」

「客を選んでいたのかも知れません」初が言った。

「流石、お初さんだ。伊達《だて》に長く生きちゃいねえな」

「褒《ほ》めてくれたんですか」

「当ったり前《めえ》よ」峰蔵は答えてから、文治に訊いた。「着物に何か身性《みじょう》の知れるようなものはあったか」

「何もございません」

「腰巻きの紐《ひも》を見たか」

「やはり、何も書かれちゃおりやせんでした」

「そうか」

夜鷹は、まず元締の許へ行き、今夜はどこで商売するか、場所の指示を受ける。その足で夜鷹屋に回って襟化粧《えりげしょう》を塗りたくり、借り着に着替え、手拭と茣蓙《ござ》を借りて、夜の町へと繰り出すのである。着物に名が記されていることはまずなかったが、腰巻きの紐に夜鷹屋の符丁《ふちょう》が記されていることがあった。しかし、この女には、それもなかった。

商売道具一式を借りたまま、女は戻らなかった。夜鷹屋から元締に知らせが行き、安否を確かめに男衆が近くまで来ているはずだった。

「この女がどこの誰か、だが……」溝尻が言った。

「恐らく、旦那《だんな》のお姿が見えなくなった頃合を見計らって、男衆が現れると思います。まず、吉田町《よしだちょう》でしょう」

江戸の夜鷹は、本所吉田町《ほんじょよしだちょう》と四ッ谷鮫ヶ橋《よやさめがはし》に拠点を置く二つの勢力によって仕切られている。それぞれが毎夜、江戸の各所に夜鷹を送り出すのである。柳原土《し》手は、双方の勢力が拮抗《きっこう》する場所だったが、和泉橋の東は主に本所吉田町派が占めている場所だった。

「俺がいては、現れぬか」溝尻が湯呑みの底の茶を啜った。

「へい」

「まあ、そんなもんだろうよ。俺たちは警動《けいどう》で嫌われているからな」

警動とは、岡場所などの一斉取り締まりのことである。捕縛《ほばく》された女たちは、吉原《よしわら》に送られ、無給で働かされることになる。

「吉田町に行ってみても、よろしゅうございやしょうか」

「お前が、か」

「へい。昨夜土手に出張《でば》っていた者の中に、殺した奴を見た者がいるかも知れません」

「大丈夫か」

「吉田町の元締のことは、見知っておりますので」

三年前、宮の身柄を預かる時に、元締に挨拶をしてあった。

「そうだったな」溝尻も思い出したらしい。「任せるしかないようだな」

時に、と溝尻が訊いた。あの娘、お宮と言ったが、どうしている？

「へい、お蔭様で達者にやっております」

言いながら、峰蔵は重苦しいものを感じた。死んだ仏は、宮の母親と同じ殺され方をしていた。宮の心の内が気掛かりだった。

女の亡骸《なきがら》を寺に預けたら、本所に行く前に一旦節句屋に戻ることに決めた。

溝尻が奉行所に引き上げた後、入れ替わるように自身番の戸を叩く者があった。早桶屋が尤《もつと》もらしい顔をして頭を下げた。

「おう、入ってくれ」

早桶屋の後ろに、もう一人、男が立っていた。

隙のない出立《いでた》ちは、堅気《かたぎ》の者とは思われない。男が口を開いた。

「吉田町の使いで、与志三《よしぞう》と申します。こちらに……」

峰蔵が内暖簾を潜ると、駒はほっとしたように胸を撫でた。

「四六が来たのが、丁度よかったみたいだよ」

「お宮から離さねえといけねえか、と思ったが、四六をかまうことで、気が紛《まぎ》れるか」

「三年前は、よくうなされてたからね。あの頃のことを思い出さないといいんだけど」

「もう十四だ。うなされることはねえだろうが、今夜も長屋に泊まった方がよさそうだな」

「お前さんにはさみしい思いをさせちまうけど、そうさせてもらおうかね」

「よせやい」

文治に聞かれなかったかと、土間の向こうに目を遣《や》った。文治は、棚の荷を整理していた。

「四六は、文香堂か」

「筆跡《て》がどれくらいなのか、師匠に見てもらったよ。案外しっかりした親だったらしく、年相応のものは身に付けているという見立てだった」

「小泉町の番太郎も、ごく普通のかみさんに見えた、と言っていたらしいからな」

文治と三亀松が聞き込んで来たことだった。

「どんな事情《わけ》があったんだろうね……」

駒は、一瞬考え込むような顔をしたが、はっと我に返ると、どうだったんだい、と言った。

「誰が殺《や》ったのか、分かったのかい？」

「そのことでな、これからちょいと本所まで行ってくらあ」

「まさか」駒が、あそこにかい、と目で訊いた。

「そうだ」

「どうしても？」

「行く、と元締に言付けを頼んじまったからな」

「だったら、明るいうちに行った方がいいよ」

「取って食われはしねえよ」

「だけど、十手持ちを目の敵にしているんだろ？」

駒が、文治を大声で呼んだ。

「ご用でやすか？」

「吉田町に行くんだってね。頼むから、親分を守っとくれよ」

「へい」文治が唇を一文字《いちもんじ》に結んだ。

「取り乱すな。みっともねえ」

「そんなこと、言ったってさ」

「行くぜ」と峰蔵が文治に言った。

「本当に、気を付けておくれよ」駒の声を、切り火の音とともに背中で聞いた。

四

峰蔵と文治は柳原通りを東に行き、両国広小路《りょうごくひろこうじ》の雑踏を抜け、両国橋を渡った。橋の東詰《ひがしづめ》も向両国《むこう》と呼ばれる広小路になっており、人で溢《あふ》れていた。

「こっちは、どうも……」と文治が首を竦《すく》めた。

橋を一つ渡るだけで、見世物はきわどさを増し、茶屋女の嬌声《きょうせい》は耳を聾《ろう》せんばかりになる。これが川向こうなのだ、と峰蔵が言った。

「だから、面白いという者もいるがな」

広小路を進む。見世物小屋と茶屋の呼び込みに混じり、矢場女の笑い声が聞こえて来る。見上げると、床見世や見世物小屋の間の木の枝には、提灯《ちょうちん》が鈴なりになっていた。夜ともなれば、灯《とも》が灯され、一層の華やぎを添えることになる。

橋番所の番人が見えた。茶を啜り、碁を打っている。刃傷沙汰《にんじょうざた》が起こらない限り、腰を上げることはない。

「文治、おめえ、この世の地獄を見たことがあるか」峰蔵が訊いた。

「いいえ……」

「この前、吉田町に行った時は、俺一人だったからな。後で見せてやるぜ」

「へい……」

文治は口を閉ざして峰蔵の後ろに付いた。

峰蔵は駒留橋《こまどめばし》を渡ると、回向院《えこういん》脇を東に向かった。三ツ目通りを北に行けば吉田町である。峰蔵が黙ったまま足を早めるので、文治は話し掛けられないでいた。地獄とは、どこなんだ。吉田町のことか。訊けずにいるうちに、峰蔵が三ツ目通りを北に折れた。

「親分、こっちに地獄が？」

「そうだ。付いて来りゃ分かる」

南割下水《みなみわりげすい》を越え、片町を通り、武家屋敷を抜けると、町屋になった。ひどく小さく、汚い掘っ立て小屋のような家が続いている。路地に入る角のところどころに、見張りなのだろうか、若い衆がぽつりぽつりと立っているのが見えた。

「文治」

小声で言うと、峰蔵がすっと路地を曲がった。

狭い。板塀のところどころが櫛《くし》の歯のように欠けている。欠けた隙間から、小屋の中が見えた。何かが蠢《うごめ》いている。襤褸屑《ぼろくず》にしか見えない。

「何なんです？」文治が小声で訊いた。

「瘡がひどくて、働けなくなった女たちだ」

「…………」

「ああやって、身体の動く者が動けない者の面倒を見ながら、互いに死ぬのを待っているんだ」

「ひでえ」

「それでもな、布団の上で死に、土に埋めてもらえるだけで幸せなんだそうだ」

路地の後ろの方で足音がした。こっちの方へ駆けて来る。

「来い」

峰蔵と文治は、路地を巧みに抜け、元の道に出た。暫く歩いたところで、背後から呼び止められた。

「この辺りに、何か用ですかい？」目付きの鋭い若い男だった。棒縞《ぼうじま》の着物の裾《すそ》を、慣れた仕草で摘まんでいる。

「見ねえ顔だな」峰蔵が言った。棒縞は、峰蔵を見据えながら、

「失礼ですが」と言った。「どちらさんで？」

「元締を訪ねようって者《もん》だ。行かせてもらうぜ」

「それでは、あっしの役目が果たせやせん。お名を聞かせてやっておくんなさい」

「富松町の峰蔵だ」

「富松町……」棒縞が、思わず峰蔵を指さした。「岡《おか》っ引《ぴき》か」

「そうだ」

「そんな野郎が、どうしてこんなところにいやがるんでえ？」

「てめえは馬鹿か。何を聞いてた？」

「何を」

棒縞の叫び声を聞き付けたのだろう。男たちが集まって来た。

「どうした？」最後に来た男が割って入り、前に出た。男が峰蔵を見た。棒縞が得意げに男に言った。

「兄貴、岡っ引がうろついていたんでさあ」

「お久し振りで」兄貴と呼ばれた男が、峰蔵に頭を下げた。峰蔵も挨拶を返した。名は知らぬが、吉田町の手下の中では、幅を利かせている男である。

「詰まらねえ寄り道をして、若いのに迷惑を掛けちまったようだ。謝るぜ」

「そんなこたぁ、構わねえんですが、こちらにいらしたのは夜鷹殺しの一件で？」

「与志三さんを通して元締に、お訪ねすると伝えてあるんだが」

「そうでしたか、見張りに立っていたもので、聞き逃していたようです」

「兄貴……」棒縞が、男と峰蔵を交互に見た。

「覚えておけ。こちらは富松町の親分、通称・柳原の親分と言われていなさる峰蔵さんだ。警動のために探りを入れようなどとは決してならねえ。信じていい親分さんだ」

棒縞があわてて頭を下げた。

「知らねえこととは言え、申し訳ありやせんでした」

「いいってことよ。気にするねえ」

「ありがとうございやす」棒縞が項《うなじ》に手を当てた。

「では」と男が言った。「私が先に立ちましょう。また揉《も》めると面倒ですからね」

「相済みません」

男が、峰蔵の前に立ち、吉田町の奥へと向かった。峰蔵らを見送っている棒縞を残し、男たちが持ち場に戻って行った。

辺りは再び、何事もなかったかのように静かになった。

江戸の夜鷹の半分を束《たば》ねる元締の家は、吉田町の一丁目の路地の奥にあった。一見ごく地味な家であったが、家に至るまでの通りや路地のすべてに人が配されており、もし先導する男がいなければ、とても行き着くことなど出来そうになかった。

それは、門を入ってからも同様だった。

庭、玄関、そして座敷にまで、人がいた。

それだけの力を持っているのが、夜鷹の元締であった。当代の名は銑右衛門《せんえもん》、子年《ねどし》生まれの四十九歳。若い時分の喧嘩《けんか》で、右腕を肩口から落としている。三年前、十一歳の宮を養女にしたいと言い出したのは、銑右衛門だった。

奥の一間に通された。文治は、峰蔵の斜め後ろに控えた。その後ろに、銑右衛門の身内の者がずらりと並んだ。峰蔵たちを案内して来た男も、腰を下ろしている。

廊下に響いていた足音が止まり、障子が開いた。銑右衛門は峰蔵と文治をぐいと睨《にら》むと、ゆったりとした動きで座敷に入って来た。

「ご無沙汰《ぶさた》をしております」峰蔵が言った。

「お互い様だ、柳原の」銑右衛門は、腰を下ろすと胡坐《あぐら》をかいた。

「お元気そうで」

「俺は医者要《い》らずよ。この腕の時以外はな」左手で右袖を摘まんで見せた。

「なによりです」

「お宮もな。元気そうで、結構なことだ」

「よくご存じで」

「俺の目ん玉は二つじゃねえ。千の目がどこからか見ているのよ。ところで、用ってのは？」

「千の目のどれかが、昨夜の殺しを見てはいないか、と思いまして、それを伺いに」

「見ていたとしたら？」

「やはり、見ていたんですかい？」

「そうは言っちゃいねえ」

「必ず捕えますので、教えてはもらえませんか」

「餓鬼《がき》も亭主もいたんだよ、殺されたお雅《まさ》にはな。餓鬼は、まだ九つだ。亭主は病持ちで働けねえ。俺たちはな、そうした女たちを守るためにいるのに、守り切れなかった。俺たちで探し、けりを付ける」

「私《わたくし》の仕置は、ご定法《じょうほう》に反しますが」

「そんな御託《ごたく》はご定法の中《うち》の者に言ってくれ。俺たち埒外《らちがい》の者には、通じねえ」

「……女たちを守る、と仰しゃいましたが」文治が言った。

「何だ?」

「稼がせて、瘡に罹《かか》っちまったら、その後は小屋に閉じ込めて死ぬのを待つ。それが元締の仰しゃる守るってことですかい?」

銑右衛門が、文治をじろりと見た。

「柳原んとこには、文治ってのと、三亀松っていう手下がいるそうだが、どっちだ?」

「文治ですが」

「そうか。随分《ずいぶん》と威勢がいいじゃねえか。柳原んところをおん出された時は、訪ねて来い」

「おん出る気もなければ、おん出されることもねえ、と思います」

「おめえ、年はいくつだ?」

「……二十三で」

「それだけ生きてきても、おめえの知らねえ世間ってのもあるんだぜ。身体が腐っちまった瘡っ掻きを見たこと、あるか」

なかった。瘡の者がどこそこにいる、と聞いたことはあったが、様子を見に行くと、いなくなっていた。

「どうしてだと思う？ 簡単なことだ。殺して寺に放り込むか、川に流すか、歩けるうちに追い出すか、だからだ」銑右衛門は一旦言葉を切り、続けた。「十分とは言えねえかも知れねえが、馴染《なじ》んだ土地に、死ぬまで住むところと食い物を与えられているあいつらは、まだ幸せだ、と俺は思うぜ。分かったような口を利《き》くんじゃねえ」

「とは言え」と峰蔵が、落ち着いた声で割って入った。「地獄には変わりないですね」

「そうだ」と銑右衛門が言った。「地獄に落ちるか、落ちねえか、瀬戸際《せとぎわ》んところで生きているんだよ、お雅らはな。だからこそ、許せねえんだよ、殺した奴が」

「こっちには、手掛かりが何もない。多分、あっしらでは捕えられねえでしょう」

「だろうな」

「元締が捕えた場合ですが、半殺しで構いません。身柄を貰い受ける訳にゃあいきませんか」

「ならねえ。殺す」

「殺したら、吉田町を潰《つぶ》しに掛かりますぜ」

銑右衛門の配下の者たちが一斉に色めき立った。銑右衛門は鼻で笑い、そんなことが、と言った。

「出来るのかい？」

「お宮のいる才槌長屋に仲人《ちゆうにん》がいることをご存じですか」

仲人とは、妾《めかけ》奉公の斡旋《あっせん》をする女専門の口入屋《くちいれや》のことだった。

「知っている。常三郎とか言ったな」

「何から何まで、よっくご存じで」

「それで？」

「妾になんぞなることはねえ、とも思いますが、そうとしか生きられない者もいるのだ、と目溢《めこぼ》ししております。夜鷹もまた、そうだと思っています。だから、警動に加わったことはござんせん」

銑右衛門が、話を続けるように促した。

「奉行所は、ここが夜鷹の巣窟《そうくつ》だと知っています。取り締まりたいとは思っているのですが、では明日から女たちはどうするのか、別の働き口はあるのか、ここの女を求めに来る男たちの捌《は》け口《ぐち》をどうするのか、と考えると、代わるものがない。だから、ここには手を出さず、場末の小者に警動を掛けて憂《う》さを晴らしているのです。そうであるにも拘《かかわ》らず、奉行所の鼻を明かすかのように元締が勝手に仕置をしたら、どうなります？　奉行所の上の方は、体面ばかりを気にする苦労なしの者たちです。ここは奉行所にも花を持たせてやった方が……」

「無難だ、と言いたいのか」

「へい」

「無難という言葉は、俺たちにはねえ。あるのは、右か左か、白か黒か、だ。奉行所に悟られねえように、ひっそりと殺して埋めちまえば、それで済み、だ。違うか」

「そうやって来たんですかい？」

「何を」

「恐らく、人一人殺したような奴は、他でも悪さをしているはずです。洗いざらい吐かせ、悔し涙にくれている者を皆、安堵《あんど》させてやりてえとは思いませんか」

「うるせえ。吉田町には、吉田町の仕置ってもんがあるんだよ」

「どうしても？」

「くどい。帰れ。帰れ。帰れと言っているうちに帰らねえと、帰れなくなるぜ」

　配下の者らが立ち上がり、着物の裾を叩いた。立つように、と促しているのだ。

「最後に一つ」

「何だ？」

「今日使いに来た与志三ってえ若い衆ですが」

「与志三が、どうした？」

「言葉遣《づか》いと言い、物腰と言い、隙がありませんでした。あれは、いい男になります」

「言っておこう」

　座敷を出ると、棒縞の若い衆に兄貴と呼ばれていた男が追って来た。

「途中まで送ります」

「お手数を掛けます」

男は、先に立ち、ずんずんと歩いて行く。峰蔵と文治は、後に従った。

三笠町《みかさちょう》一丁目を過ぎ、南割下水に出たところで、男が振り向いた。

「私は、ここで」

「ありがとうございました」

「こんなことを言うのは何ですが、あまり無茶はなさらねえように」

「どうも性分なもので」峰蔵は男に言ってから、名を訊いた。

「横川《よこかわ》の丈吉《じょうきち》と申します」

峰蔵は丈吉の目を凝《じ》っと見詰めた。丈吉も黙って見返した。峰蔵はやがて丈吉に背を向けて歩き始めた。

節句屋の暖簾を潜ると、溝尻賢司郎がいた。相手をしていた駒の顔が、瞬時に弾《はじ》けた。内暖簾の向こうから三亀松が飛び出して来た。唐辛子売りの手伝いを終え、駒と待っていたらしい。

「なっ、無事に戻っただろう？」

話していた内容は、溝尻の一言で知れた。

「どうだった？」溝尻が訊いた。

「申し訳ございません。ちとしくじりました」

鉄右衛門との話を詳しく告げた。

「そうか。致し方あるまい。見回りの頭数を増やすとでもするか。お前にも気張ってもらわねばな」

「へい」

店の表に出、駒と並んで溝尻を見送った。

五

峰蔵が吉田町の元締・鉄右衛門を訪ねてから四日後の五ツ半（午後九時）。

節句屋の潜り戸を、こつこつと叩く音がした。後半刻（約一時間）で町木戸が閉まる刻限である。他家を訪《おとな》う頃合ではない。

駒を留め、峰蔵が応対に出た。駒は、二階に駆け上がり、文治と三亀松を呼んでいる。御用聞きをしている以上、どこでどのような恨《うら》みを買っているか、分かりはしない。

「どちらさんで？」

「吉田町の使いで、与志三と申します」

「ちょいと待っておくんなさい。今、開けますので」

振り向くと、駒と文治と三亀松がいた。

「聞こえたか」

三人が頷いた。強《こわ》ばっていた顔が、少しほどけている。

潜り戸の心張り棒《しんばりぼう》を外し、戸を開けた。夜気が流れ込み、土間を埋めた。峰蔵は腰を屈め、外を見回した。男が三人と、駕籠《かご》が一丁見えた。駕籠舁《か》き二人は、棒のように突っ立っている。

前にいた男が、提灯の明かりを顔に当てた。与志三であった。間違いございません、私でございます、と見せたのである。

「このような刻限に申し訳ないのですが」と与志三が言った。「お雅殺しの張本《ちょうぼん》を連れて参りましたので、お受け取りください」

「…………」

峰蔵は目を見張った。

峰蔵の隣に立った文治も、驚きを隠せないでいる。

吉田町の元締は、どうでも殺さねば収まらない、という風だった。峰蔵のところに届けに来るなど、考えもしていなかった。

峰蔵の思いを察したのか、与志三が軽く頷いた。

「元締のお許しは受けました。横川の兄貴が取りなしましてね」

「横川の、丈吉さんですか」

「そうです」

「ありがとうございます。何とお礼を申し上げればよいか」

峰蔵は深く頭を下げた。

「よしてくださいよ。こちらも仕置はさせてもらいましたから」

二人の男が駕籠の側に行き、一人が垂《た》れを撥ね上げた。与志三が中の男の襟首を摑《つか》み、引《ひ》き摺《ず》り出した。男の顔が仄明《ほのあか》るい月の光の中に浮かんだ。相当ひどく殴《なぐ》られ、面変《おもが》わりしていたが、顔は十分見分けられた。

「おめえは」

落雁売りの伊太郎だった。両の手を手拭でぐるぐる巻きにしている。思わず顔を隠そうとした伊太郎の襟首を、与志三が摑んで引き起こした。手拭から、血が一筋肘の方へと流れた。

「……おめえが、殺《や》ったのか」

伊太郎が、脂汗の浮いた顔を、苦しげに縦に振った。

「何で、選《よ》りに選っておめえなんだ?」

峰蔵には信じられなかった。

与志三が、苦笑混じりに口を挟んだ。

「親分さんは買い被っていなさるんです。そんなご大層な奴じゃござんせんぜ、こいつは。手前どもの渡世では、それと知られた札付きなんでございますよ。まさか、殺しをしでかすとは、思いませんでしたが」

「そうなのか」

子供たちの喜ぶ顔が見たいからと、落雁を届けてくれていた伊太郎の姿が脳裏《のうり》に蘇《よみがえ》った。あれが、おめえじゃねえのか。

伊太郎の顔が歪《ゆが》んだ。嗤《わら》っているのだ。

「何とか言え」

「いい人をやるってのは、なかなか楽しいもんでしたよ」

「何だと」伊太郎の胸倉を摑んだ。

伊太郎が顔を顰《しか》めた。手拭から血が滴《したた》り落ちている。

「取り敢《あ》えず、中に」文治が言った。

伊太郎を荒々しく押した。よろめき、戸に寄り掛かろうとするのを、襟を摑ん

で止め、

「店の戸を血で汚してみやがれ」峰蔵が言った。「足をへし折るぞ」

伊太郎の身体の揺れが止まった。

「ご苦労だった。もういいぜ」与志三が駕籠屋に言った。

「へい」返事と同時に先棒が後棒に合図をくれた。直ぐに駕籠は地面を離れ、節句屋の前から消えた。

「いけねえ。駕籠ん中を汚しちゃいねえか、訊くのを忘れた」

「お気になさらずに。息の掛かった駕籠屋ですから」

「何から何まで」

峰蔵は与志三に頭を下げてから、伊太郎を土間に押し込んだ。

駒が伊太郎を見て驚いている。伊太郎が顔を背《そむ》けた。

「座れ」

土間に座らせ、どうして雅を殺したのか、問い質《ただ》した。

「……あの女が、悪いんだよ……」

「それじゃあ話が分からねえだろうが。どう悪いんだ？」

「あの女、夜鷹のくせに客を選びやがったんだ。俺はいやだと抜かしやがって」

「それだけのことで、か？」

「生意気じゃないですか。金で身を売る売女《ばいた》が、金じゃない、なんて。そんなこと言われて、我慢出来ますか」

「馬鹿野郎」与志三が詰め寄った。「夜鷹は確かに、金で身を売る商売だ。だけどな、金で身体を縛られてはいねえんだよ。好きな時に客を拾い、好きな時に辞められる。気に入らない客は、袖に出来る。それが夜鷹だろうが。そんなこたあ、誰でも知ってることだ」

「ちょいと、おどきな」駒が、与志三を脇に押し退《の》けるようにして、伊太郎の前に進み出た。「じゃ、何かい？　落雁なんていらない、と言ったら、あんた、子供らも殺したって言うのかい」

「何の話です？」与志三が近くにいた文治に訊いた。文治は、黙って聞いているように、と目で駒を指した。

「かも、知れませんや」

伊太郎がうそぶいた。駒の平手が、伊太郎の頰《ほお》に飛んだ。

「あんたはね、心をどこかに置き忘れて、生まれて来ちまったんだよ。人の喜びとか、哀しみとか、てんで分かっちゃいないんだ」

「そんなもんが分かっても、腹は膨《ふく》れねえよ。そうやって、ここまで生きて来たんだよ、独りでな」

「あんた、二親《ふたおや》は？」

「………」伊太郎が、口を閉ざした。

「まさか、捨てられてたんじゃないだろうね？」

「才槌長屋なんて、俺が餓鬼の頃には、なかった……」

「なければ、作りゃよかったじゃないか」

「餓鬼に作れるか」

伊太郎は顔を背けると、ぺっと唾《つば》を吐いた。

「……それでも、ないことのせいにするなんて、あんた、卑怯《ひきょう》だよ」

「知ってるよ。この年になるまでに、何度も言われて来た」

「馬鹿。この馬鹿」

声が震えていた。駒の目が潤《うる》み、片手が高く上がった。

「姐さん」文治と三亀松が、駒の手を取り、抑えた。

伊太郎は、駒をきつい目付きで睨み上げていたが、やがて目を伏せた。

「おい」と与志三が、供《とも》に連れて来た二人の若い衆を振り返った。潜り戸の左右に立っていた若い衆が顔を上げた。

「聞いたな？」

「へい」

「覚えておけ」

「へい」

与志三は、峰蔵と駒を振り返り、

「もちっと早くに姐さんのような御方に巡り会っていれば」と言って、続けた。

「この野郎も、真っ当なもんになっていたのかも知れませんね」

「与志三さん」

「俺たちも、三人とも捨て子だったんですよ。だからって訳じゃねえですが、この野郎のことは忘れねえようにします。お前たちも覚えておけよ」

「へい」二人が答えた。

伊太郎の手拭からは、まだ血が滴っていた。

「指を落としたんですかい」

峰蔵が訊いた。

「八本ばかし、やらせてもらいました。いえ、勝手に斬ったんじゃござんせん。

殺されるのと、指を八本やるのと、どっちがいいとこいつに選ばせたんですよ。勿論《もちろん》、斬った痕は火で炙《あぶ》っておきました」

駒が言葉もなく、与志三を見詰めた。与志三らが帰ったのは、それから間もなくのことであった。

「どういたしやしょう?」文治が言った。

「自身番に連れて行くしかねえな。恐らく今夜も、溝尻の旦那たちは土手を見回っていなさるだろうから、探そうじゃねえか」

伊太郎が呻《うめ》いた。

「痛えか」

「……医者を、頼みます」

「てめえなんぞに、ほんとの痛みが分かってたまるか。暫く呻いてろ」

伊太郎を引き立て、富松町の自身番の奥の板間に縛り付けた。伊太郎の呻き声が大きくなった。

三亀松を自身番に残し、溝尻を探しに柳原通りに出た。

勘を頼りに歩いて行くと、物陰から女が顔を覗《のぞ》かせた。

「あら、親分さん」顔見知りの夜鷹だった。

「このところ物騒だからな。気を付けるんだぜ」

「大丈夫。あたしゃ、殺される程抜かっちゃおりませんよ」

女の振る尻が、淡い月明かりに照らし出されている。

和泉橋の前を通り、柳森稲荷《やなぎもりいなり》の側まで来た時、どこか遠くから、何かが倒れるような物音に続いて、女の短い叫び声が聞こえた。

「どっちだ？」

「あっちで」

文治が新シ橋の方を指さした。

「行くぜ」

駆け出した二人の足音が、夜の土手下に響いた。

第二話　私雨《わたくしあめ》

一

明け六ツ（午前六時）の鐘の音に合わせ、月番である古椀《ふるわん》買いの多兵衛《たへえ》が長屋の木戸を開けている。鳴る前でもなく、鳴り終えてからでもない。必ず、捨て鐘が三つ鳴り、刻《とき》を告げる鐘が一つ鳴り始めると開けに行く。

律儀《りちぎ》な男だ、と湯灌場《ゆかんば》買いの又八《またはち》は掻巻《かいまき》を蹴飛《けと》ばしながら思った。

この長屋には、木戸の開け閉めが早いの、遅いの、と文句を垂《た》れる者がいる訳でもないのに、何をびくびくして生きていやがるのか。そこのところが、又八には分からない。てめぇより一回りも若い五十五のくせしやがって、妙に爺《じじ》むさい奴だよ。もっとも、古椀買いが何をどう考えていようと、どうでもいいことだった。

隣の腰高障子《こしだかしょうじ》が勢いよく開き、戸口の柱に当たった。又八の借店《かりだな》の柱まで響いた。

わっ、わっ、と隣の子供らが喚《わめ》いている。我先に小便をしようと、前にいる子供の帯を引っ張っているのだ。

「漏《も》れる」

「漏らしたら、てめえで洗えよ」

「放しとくれよ」

「やだね」

戸口の土間で、二、三人がつかえているらしい。

「うるせえ。静かにしろい」又八が布団の上から怒鳴った。

その瞬間だけは静かになるのだが、効《き》き目は長続きしない。直《す》ぐにまた、喚《わめ》き声が起こる。抜け出した子を、他の子が追っているのだ。

「くそ餓鬼《がき》めが」

子供らが小便を終えるのを待ち、又八は桶《おけ》に手拭と楊枝《ようじ》と歯磨粉《はみがきこ》を入れ、井戸端《いどばた》に向かった。

才槌《さいづち》長屋の借店は、全部で十軒。又八の借店は、木戸から見て右側にあり、奥から子供ら、又八、浪人、空店《あきだな》、そして古椀買いとなっている。向かいの左側は、奥から武家の隠居、茶屋女、勘当《かんどう》息子、大工、そして仲人《ちゅうにん》が入っていた。

子供らの隣は騒々しいからと、大家の源兵衛に空店に移してくれるよう談判《だんぱん》しているのだが、まあまあ、といつも押し切られてしまっている。

又八は、子供たちの借店の前を通り過ぎながら中を覗《のぞ》いた。誰かと目が合ったら、一言叱《しか》ってやろうと思ってのことだったが、それぞれが何かをしており、又八に気付こうともしない。宮は飯の火加減を気にしながら、菜を刻んでいるし、新入りの子は膳の用意をしている。他の子は、年嵩《としかさ》の市助から何か教えてもらっているのか、向こう向きになって手許《てもと》を覗き込んでいた。小さな尻が三つ並んでいる。

又八は井戸端に桶を置き、水を汲《く》み入れた。雨水が大分入っているのか、水に濁《にご》りがある。こんなことで次の水替えまで保《も》つのかよ。独《ひと》りごちながら顔を洗い、歯を磨いていると、浪人の笹岡小平太《ささおかこへいた》が現れた。

「いつも早いな」と笹岡が又八に言った。

「稼ぎに追い付く貧乏なし、と申しますからね。きっちり稼ぎに出ませんと」

「まったくだ。又八殿は、心掛けがよいのだな」

「笹岡様は、今日は？」

「《日野屋《ひのや》》に世話してもらってな。五日ばかり、荷揚げの仕事にありついたのだ」

日野屋は豊島町にある口入屋《くちいれや》だった。

「そいつはようございました」

「うむ。今月は稼ぎが少ないので、いささか心細くなっていたので助かったわ」

笹岡の飾らない物言いが、又八は気持ちよかった。笹岡が武家でさえなかったら、金に困った時は手伝わないか、と誘いたかったが、又八のしている湯灌場買いという仕事は、二本差しに勧《すす》められるものではなかった。

湯灌とは、納棺の前に死体を清めることで、この時代、地主や家持でない者は己《おのれ》の家では湯灌をしてはならぬという定めがあった。つまり、どのような大店《おおだな》の主《あるじ》であろうと、地主や家持でない者は、寺で湯灌をし、経帷子《きょうかたびら》に着替えさせてもらってから、家か寺で葬式をしなければならなかった。湯灌は寺にある湯灌場小屋で湯灌場者（寺男）によって行われた。この寺男から、仏が寺に運ばれた時に着ていた着物を買い取るのが、湯灌場買いという仕事だった。

「それでは、お先に」又八は腰を折り、桶を手に井戸端を離れた。市助の話が終わったのか、歯を磨こうと借店から飛び出して来た子供たちで路地の出口が埋まっている。

「どけ。邪魔だ」

　背に子供らがあかんべをしているのを感じ取りながら、又八は借店に戻った。飯を炊《た》き、腹拵《はらごしら》えをしなければならない。

　米を磨《と》ぎ、水を注《さ》し、釜《かま》を竈《かまど》に掛ける。煙出しのため天窓と戸口を開け、焚《た》き口に木《こ》っ端《ぱ》を置く。火打ち金と火打ち石を打ち合わせ、火花を火口《ほくち》に落とし、火種を作る。その火を付木に移し、木っ端の底に運ぶ。燃え付いたところで薪《まき》をくべると、蠅帳《はいちよう》から浅蜊《あさり》の佃煮《つくだに》とひじきの煮物を取り出し、膳に並べる。後は飯が炊けるのを待つだけだ。

　その間を使い、昨日書き忘れていた帳面を付ける。付けると言っても、又八は文字が書けない。僅《わず》かに書ける一から十までの数字と絵を組み合わせ、後は懸命に思い出すのだ。

　又八の帳面を覗くと、例えば五、七と書かれている。これは、五月七日のことである。その下に扇《おうぎ》と楊枝が描かれている。《おうぎ》と《ようじ》で、大教寺《おおきようじ》と読む。更に、その下に、三とある。三の字の第一画の右脇に点を一つ打ってある時は、上物が三枚という意味になる。下物の時は第三画の脇に、中程度の品ならば第二画の脇に点を打つことで、どのような品を何点手に入れたかを記しているのである。他の数字でもやり方は変わらない。数字の右脇を三つに区切って、上・中・下と仕入れた品の質に応じて点を打つのだ。それをいくらで買い取り、いくらで売ったかは、煩雑《はんざつ》なので書いてはいない。

それで何とかやれているのだから、俺の頭は大したものだ、と又八は思っている。

蓋《ふた》の端から湯気が上がり、米の炊けるにおいが借店に満ちる。竈を覗き、釜の尻を舐《な》めている火の加減を調節し、また筆を手に取り、ついでに今日回る寺をどこにするかを考える。

幾人かの寺男の顔が浮かぶ。

又八が回るのは浅草が主だが、湯灌場買いの競争が激しいので、気が向くと根《ね》岸《ぎし》、谷中《やなか》、本郷《ほんごう》へも足を伸ばす。

今日は谷中にするか。そうと決まれば、飯をさっさと済ませなければならない。

竈の火と釜から噴《ふ》き出す湯気を見詰めた。

ありがてえもんだ。おまんまが毎日食えるんだからよ。

口には出さず、腹の中で呟《つぶや》いた。

炊けた飯をお櫃《ひつ》に移し、茶碗に盛る。やれやれ、と手を擦《す》り合わせてから食べていると、また隣の戸口辺《あた》りが騒々しくなった。出掛ける頃合なのだろう。一人目の子供が路地を駆け抜けて行った。二人目は市助だった。市助は、急ぐ風でもなく歩いている。この二人が節句屋に行くことを、又八は知っていた。知ろうとした訳ではない。同じ長屋にいれば、いやでも分かることだった。暫《しばら》くして、また戸口で声がした。幼い声だった。宮が応《こた》えている。

どうしてあの娘は、あんなに優しげに振る舞えるのか、と又八は路地に目を遣《や》った。もう疾《と》うに死んでしまった又八の母親とも、知り合った女の誰とも似ていない。

三吉が通り、遅れて両の手を四六という新入りと、五作に引かれた宮が行き過ぎようとして、又八にお辞儀をした。朝の挨拶《あいさつ》と騒々しさへの詫《わ》びを兼ねたものなのだろう。又八は、無視して椀に水を注した。

目の隅《すみ》から宮の影が消えた。昼まで手習所《てならいどころ》に行くのだ。

「挨拶なんて、することないよ。うるさい爺《じい》さんなんだから」又八に聞こえよがしに言ったのは、勘当息子の吉太郎らしい。

あの穀潰《ごくつぶ》しが、何を言ってやがるんでぇ。又八は汚れた器とともに藁束《わらたば》の束子《たわし》を桶に入れた。汚れたものは流しではなく、井戸端で洗う。雨でなければ、又八は必ずそうした。

「波風は立てない方がいいよ。頭一つ下げて済むのならね」

訳知り顔で宮に言っているのは、仲人《ちゅうにん》の常三郎だろう。

妾《めかけ》奉公の口を世話している男で、時折女が訪ねて来る。見るからに貧しげな女もいれば、金に困って泣く泣く妾奉公に出るとは到底思えないようなのもいた。常三郎という男は、それらの女を分け隔《へだ》てなく扱い、落ち着く先を見付けてやっている。

生身が相手じゃぁ、大変だろうよ。

又八が戸口に出た時には、誰の姿も見えなかった。

束子で洗っていると、影が手許に掛かった。影の主を見上げた。茶屋女の嶋《しま》だった。

「何でぇ、今頃起きたのか」

「又さんの声で起こされたんだよ」

「そいつぁ悪《わり》ぃことしたな」

「いいんだよ。寝てたって始まらないしさ」

「水かい？　汲んでやろうか」

嶋は、それには答えず、昨日見掛けたよ、と言った。

「どこで？」

嶋の勤めている茶屋は、向両国の雑踏の外《はず》れにある。そんなところは、通らなかった。

「柳橋《やなぎばし》の向こうさ。平右衛門町《へいえもんちょう》」

それなら頷《うなず》けた。寺回りをして、買い取った着物を古着屋に売りに行くところを見られたのだ。平右衛門町で見掛けたのなら、嶋は客と船宿に行こうとしていたのだろう。平右衛門町の河岸には船宿が並んでいた。

「いい客だったのか」

「言わぬが花の吉野山《よしのやま》だよ」

満更《まんざら》ではなかったのだろう。ひどい客なら、長屋に帰ってから口に上《のぼ》せることはしない。

嶋は、又八が束子の水を切るのを見ながら、又さん、と言った。

「あん時は、妙に怖い顔をしてたんで驚いちまったよ。何か怒ってたのかい？」

怒っていた。売り言葉に買い言葉で、円生寺《えんしょうじ》の寺男と喧嘩《けんか》してしまったのだ。それがために、やけ酒を飲み、昨夜は帳面も付けずに寝てしまったのだ。

「駄目だよ、短気は。成らぬ堪忍《かんにん》、するが堪忍ってね。習わなかったかい？　手習所で」

「そんなとこ、行ってるか」

日傭《ひよう》取りの子に生まれ、物心が付いた時にはもう働いていたのだ。手習所の門など潜ったこともない。

「又さん、字は読めるの？」

「うるせえな。おらぁ、何も困っちゃいねえんだよ」

帳面を叩《たた》き付けてやりたかったが、嗤《わら》われるのも癪《しゃく》だった。黙っていると、

「でもさ、怒った顔は、なかなかいい男だったよ」

嶋は手をしなっとさせると、借店に戻って行った。

「てやんでぇ」

又八は吐き捨てるように言ってから、顎《あご》をそっと撫《な》で、ちょいと怒った顔を作ってみた。

桶に水を張り、覗いてみたい気もしたが、止《や》めた。遊んじゃいられねえ。

長屋を出る刻限だった。

二

又八は風呂敷《ふろしき》を懐《ふところ》に才槌長屋を出ると、柳原通りを横切り、新シ橋を渡った。向柳原《むこうやなぎわら》を行き、三味線堀《しゃみせんぼり》の脇を抜けて鉤《かぎ》の手に進み、新寺町《しんてらまち》で西に折れる。下谷広徳寺《したやこうとくじ》前から山下に出た。谷中八軒町《はちけんちょう》へは、あと一息である。

又八は、五条天神《ごじょうてんじん》の門前町にある菓子舗《伏見堂《ふしみどう》》に寄り、桂皮《けいひ》を練り込んだ《桂飴《かつらあめ》》を買った。これから訪れる浄然寺《じょうねんじ》の寺男・末吉《すえきち》への手土産《てみやげ》である。

末吉は、桂飴が好物だった。

末吉とは二十年近い付き合いになる。八年前までは、丙七《へいしち》という男とともに寺男の仕事をしていたのだが、丙七が病没したので、今では一人で寺男の仕事をこなしている。毎朝の掃除などに檀家《だんか》の者の手を借りることはあったが、特に不足はないようだった。住職からは、気の合いそうな者を見付けたら雇い入れるようにと言われていたが、なかなか見付からないらしい。

かつて丙七が言っていたが、湯灌場者としての務めを平然と行うには、死を穢《けが》れと思わず、淡々と事を運ばねばならない。それが出来る者は限られており、おいそれと人を雇えないという事情があるようだった。

ここで仕入れた着物だと聞くと、二の足を踏むけれど、聞かなければありがたがって着る。妙な話でございますね。二十年前、まだ四十七だった又八が丙七に言うと、見ぬこと清し、と言うてな、人は己が知らなければ、それで良しとしてしまうものなのだ、と説《と》いてくれたことがあったが、今になってみると、あの人は、元は坊さんだったのではなかろうか。

末吉との、身の上話をするような濃い付き合いは、丙七が亡くなってからのことになる。年は又八の方が五つばかり上だったが、かえって末吉の方が年寄りくさく思えることもしばしばだった。そのせいかどうか、末吉は、又八が心を開いて話せる数少ない男の一人だった。

伏見堂で、おまけに、とくれた一粒を舐めながら、又八は不忍池《しのばずのいけ》の縁《ふち》を回り、谷中八軒町に出た。

口から桂皮の香りが漂っている。これで、《いろは茶屋》に上がると、あら伏見堂ね、なんぞと言いながら、女が鼻を鳴らしたものだった。あの頃は、と思う。俺の身体にもまだ男の脂ってもんが残っていたんだ。

いろは茶屋は、谷中感応寺《かんのうじ》の裏門辺りに軒《のき》を並べた茶屋で、いろはの文字を染め抜いた暖簾《のれん》が目印となっていた。

いろは茶屋を向こうに見ながら、通りを西に折れる。左右に寺があり、右側の寺が浄然寺だった。

寺門を潜り、本堂に掌《て》を合わせてから裏に回る。持仏堂の前を通り、庫裏《くり》の脇を抜けると、湯灌場小屋が見えた。湯を沸《わ》かしているのだろうか。天窓から薄い煙が上っている。

戸の外から声を掛けた。待つ間もなく戸が開き、末吉が顔を覗かせた。顔の真ん中から笑みが零《こぼ》れている。

「いいところに来なすったね」

思わず又八も笑みを見せ、一月《ひとつき》近く顔を出さなかったことを詫びた。

「いいさ、いいさ。それより、取り分けてあるよ。いい品を」

「ありがとうございます」

末吉が入るように言った。

「では」

又八は戸口近くで止まり、末吉が着物を取り出して来るのを待った。いつもなら、もう少し奥まで行くのだが、末吉が白い衣を着ているので遠慮をしたのだ。

「まだ大丈夫。見てご覧」

末吉が、大風呂敷から着物を取り出して、台の上に広げた。湯灌をする台である。

「拝見します」

本結城紬《ほんゆうきつむぎ》の小袖《こそで》や絹秩父表《きぬちちぶおもて》の袷羽織《あわせばおり》などの他、絹麻の襦袢《じゆばん》があった。あまり袖を通していないらしく、垢染《あかじ》みは勿論《もちろん》、汚れもまったくなかった。

「これはよいお品ですね。高値で買わせてもらいますよ」

よい品を持ち込むと、古着屋での扱いも違って来る。流石《さすが》は又八さん、年季の入った方の品は、やはりいいですねぇ。揉《も》み手をする古着屋の顔が一つ、二つ浮かんだ。

「お願いが、あるんだけど」末吉が言った。値踏みをする手を止めて、又八が答えた。

「手が足りないんですか」

二度程、湯灌を手伝ったことがあった。末吉と同じ白い衣を着て、言われたようにするだけで、殊更《ことさら》大変な仕事ではなかった。又八さんは、この仕事に向いているのかも知れないね。末吉は、そう言いはしたが、一緒にやらないか、とまでは言わなかった。

「そうなんだよ」

「いつです？」

「これからなんだけど。立て続けに二つ入っちまってね。近くのもんに頼もうかと思案していたところだったのさ」

「よろしいですよ。末吉さんに頼まれちゃ、いやだとは言えませんや」

「ありがたい。恩に着るよ。酒は下りのいいのがあるから楽しみにしていておくれ。じゃ、早速だけど、着替えてもらおうか」

又八は着物の代金を渡し、小屋の奥で白い衣に着替えた。衣を着、首に数珠《じゅず》を掛けると、それだけで湯灌場者になったような気がした。

「似合うからな、又八さんは」末吉が竈に薪をくべながら言った。釜で湯灌に使う湯を沸かしているのだ。

この湯を、あらかじめ木桶に入れておいた水に注ぐ。逆さ水《さかみず》と言われる逆さごとの一つで、僧が読経《どきょう》する傍《かたわ》ら、これで台の上に横たえた仏の身体をきれいに拭く。僧は経を一つ上げると、脇の戸口から本堂に戻るが、湯灌場者の仕事はここからが本番となる。身体を起こし、背を拭き、全身を隈《くま》なく拭き清めると、経《きょう》帷子《かたびら》を着せ、手甲《てっこう》に脚絆《きゃはん》を付け、白足袋《しろたび》に草鞋《わらじ》を履《は》かせる。そして、棺の底に白布を敷き、仏を座らせ、手に数珠を、額《ひたい》に白い三角の額帽子《ひたいかくし》を付ける。ここまでやって、ようやく湯灌場の仕事が終わりになるのである。

一人目は、心の臓の病で亡くなった五十半《なか》ばのお店者で、身体を起こすのに苦労する程太っていた。

末吉も又八も、汗まみれになってしまった。

「いやあ、重かったね」末吉が両の腕を振っている。

「一人では、出来ませんね」

「こっちが、棺桶に入っちまうよ」

二人目は、病みつかれ、痩《や》せ衰《おとろ》えた仏だった。身体は紙のように薄く、ひどく軽かった。

末吉も又八も、黙々と手を動かし、作業を終えた。

「飲むかい?」末吉が徳利《とくり》と湯呑《ゆの》みを持ち上げて見せた。

「いただきます」

肴《さかな》は塩だった。塩を舐め、酒を呷《あお》った。咽喉《のど》にするっと落ちていった。

後は片付けの手伝いをすればよかった。台を拭き、竈の火を落とし、濡れた手拭を洗って干すのである。

「それは俺がやるから」末吉が裏に回った。手伝いの賃金を取りに行ったのだ。

小銭の触れ合う音がしているところへ、表を駆けて来る足音が聞こえた。

「誰か来ますよ」

「今頃……？」

末吉が奥から身体半分覗かせていると、頭を青々と剃《そ》り上げた若い僧が小屋に現れ、

「仏様が来られますので、ご用意願います」と言って、戻って行った。

「聞いてないぞ……」呟くように言っていた末吉が、いけねぇ、忘れてた、と言って額を打った。「確か、十かそこらの男の子だ。今朝、一人増えたと言われてたんだ。いいかい？　なあに、子供だ。造作《ぞうさ》もないことだ」

「構いませんよ。今日は、他には回りませんから」

「こんなに重なるのも珍しいよ。死に時なのかね」末吉が言ってから笑った。

戸口を出、寺の門の方を見ると、新仏が出た家の者だろうか、寺使いの者と何やら話し込んでいる。一人がもう一人の背を叩いた。励《はげ》ましているのだろう。まだ暫く刻《とき》が掛かりそうだった。又八は、小屋に入り、空《あ》いている湯桶を逆さにし

て腰を下ろした。

仏が運ばれて来たらしい。寺門の辺りで足音が乱れている。

又八は末吉とともに、湯灌場小屋の戸を大きく開けて外に出、仏を出迎えた。男の僧に先導されて仏を納めた輿《こし》が着いた。花柄の明るい小袖が掛けてある。男の子ではない。柄からすると、若い女の仏のようだった。男の子というのは、聞き間違いではないのか。末吉を見た。戸惑いを隠し切れずにいる。

又八は末吉と並び、合わせた掌に数珠を回し掛け、深く頭を下げた。

僧が仏の供に、本堂で待つように言った。供の一人が、おさわ、と言って泣き崩れた。又八らは、母親らが仕立てた帷子と輿を受け取り、僧とともに小屋に入り、戸を閉めた。

輿を覆《おお》っている小袖を取った。まだ十一、二の幼さの残る女子《おなご》の仏だった。絹の晴れ着を着せられていた。

又八は末吉の指示に従って、さわの身体を台に載せた。小さく痩せた少女は、生き人形のように見えた。

僧が読経を始めた。それに合わせて、帯を解き、小袖に襦袢、と一枚ずつ取り除いた。

　桶の水に湯を注し、程よい温《ぬる》さの湯を作り、身体を拭いた。襟首《えりくび》から始め、肩から腕、指の先へと拭き下ろしていく。末吉が常よりも丁寧にゆっくりと、仏をいたわるように拭いているので、又八もそれに倣《なら》っているうちに読経が終わり、僧が本堂へ戻って行った。

　一礼して僧を見送り、又八が作業の続きを始めようとすると、末吉が手を止めて又八を見ている。

「………」

　末吉の目が据《す》わっていた。

「どうしました？」

「………」

「末吉さん……」

「誰か来ねぇか、見張っててくれねえか」抑揚《よくよう》のない、低い声だった。言葉付きも荒い。

「……どうしたんです？」

「見張ってくれ、と言ったんだよ」

二人の間に、さわの遺体が裸で横たわっている。

「末吉さん、あんた、まさか……」

又八は末吉と仏を交互に見詰めた。

「何もしねえ。拭いてやるだけだ。湯灌に決まっているじゃねえか」

「だったら、見張るも見張らないもないじゃねえですか」

「頼むよ。向こう向いて、見張っててくれりゃいいんだからよ」

「……よしましょうよ。何も聞かなかったことにしますから」

「もう何も分からねえ。ただのかたまりだ」

「ばれたら、どうするんです？」

「ばれやしねえよ。又八さんさえ、喋《しゃべ》らなければ」ちっ、と末吉が舌打ちをした。「こんな仏が来ると分かってりゃ、手伝いになんぞ誘わなかったのによ」

睨《にら》むようにして又八を見た。

「前から、こんなことを……」

「俺の弱みを握らせるんだ。悪いようにはしねえよ。これから上物が出たら、すべて又八さんに取っておくからさ、な」

損はさせねえよ。末吉は台をぐるりと回って来ると、又八の腕を取り、無理矢理戸口の方に押しやった。目の前に戸板が迫った。

「ちっとの間だよ。いいだろ?」

末吉が荒い息を吐いた。

「……あんまり妙なことはしないって、約束してくれます?」

「するよ。俺だって、鬼じゃねえ」

「………」

又八は、頷いた。

「分かってくれたかい? それじゃ、誰か来たら、教えてくれよ。頼むぜ」

又八はもう一度頷いて、戸板を凝《じ》っと見詰めることにした。

湯の音が立った。手拭を絞《しぼ》っている。身体を拭いているのだろう。僅かに肌をさするような音が聞こえた。その後は、末吉の鼻息だけが、妙に耳に付いた。

鼻息は、際限なく聞こえて来るように思えた。ちっとの間じゃ、ねえんじゃねえのか。身体を固くして戸板だけを見た。背中が妙に熱かった。

どれ位経《た》ったのか、我慢出来ずに振り向こうとした時、末吉から声が掛かった。

「もういいぜ」末吉はさわから離れたところに立ち、何事もなかったかのように又八を見ていた。

又八はさわを見た。ちいさな胸と、淡く煙ったような股間を見た。いたずらをされたようには見えなかった。

「又八さん、お前さんも、どうだい?」

「いえ……」

「なら、着せようか」

末吉が死装束《しにしょうぞく》を納めた箱を引き寄せた。

三

その夜、又八の懐は温かかった。末吉が取り分けてくれていた小袖などを転売した代金の他に、二分《にぶ》の金があった。二分は一両の半分である。手伝い賃に口止め料を上乗せして、末吉が寄越した金だった。

借店に真っ直ぐ帰る気にはなれず、向柳原の煮売り酒屋に寄った。

いつも立ち寄る店ではなく、初めての店だった。悪酔いすることが分かっていたから、馴染《なじ》みの店は避けたのだ。

入れ込みに上がり、下り酒と肴をあれこれと頼んだ。末吉からの金を懐に留めたくなかった。使い切ることで、今日のことを忘れたかった。

金離れのいい客と見たのか、女将《おかみ》が愛想よく話し掛けて来たが、又八は応えずに酒を呷った。

何だい。面白くない客だよ……。

口には出さず顔で言い、女将が離れて行った。

又八は猪口《ちょこ》の酒を一息で飲むと、決めた、と言った。浄然寺の門は、二度と潜らねえ。

蒲鉾《かまぼこ》を食い千切《ちぎ》り、酒を飲み、田楽《でんがく》を囓《かじ》り、また酒を飲んだ。二本の銚釐《ちろり》が空になった。

「辛気くせえ酒だな」隣で飲んでいた二人連れの、若い方が言った。「ぶつぶつ言うの、止めてくれねえか」

月代《さかやき》が伸び、不精髭《ぶしょうひげ》も生《は》えている。堅気《かたぎ》には見えなかった。

「耳ぃ塞《ふさ》いでろい」又八が猪口で男を指した。

「何だと、爺《じじ》い。腰っ骨でも折られてぇのか」男が凄《すご》んだ。

「止せよ」年嵩《としかさ》の男が言った。「酒は楽しく飲もうや。とっつあんも、そうだぜ」

年嵩が銚釐を又八に差し出した。

「俺はてめえの酒を飲むんで、構わねえでくんな」

「そうかい。そいつは悪かったな」

年嵩は銚釐の酒を己の猪口に注ぐと、若い男に顎を横に振って見せた。

若い男が立ち上がり、店を出て行った。年嵩は猪口を空にすると、過分な料金を盆に落とし置き、若い男が去った方へと向かった。

又八が店を後にしたのは、それから四半刻（約三十分）程後になる。

飲み過ぎていた。酔いに足許を掬《すく》われ、雲の上を歩いているような気分だった。

新シ橋のたもとの灯がぼんやりと見えた。

畜生《ちくしょう》。叫びながら行くと、灯が右に、左に揺れている。その灯が、突然闇の中に落ちた。

目を擦った。人がいた。灯を塞ぐようにして人が立っていた。

相手を躱《かわ》して回り込もうとした。

「いいご機嫌だな、爺さん」

どこかで聞いた声だった。

「よかねえよ」

「そうかい。こっちもだよ」男が言った。

「俺もだ」背中の方から声がした。

振り向くと、拳《こぶし》が飛んで来た。顎を打たれた。痛みは感じなかった。足が地を離れ、宙に漂うのが分かった。ふわっとした感じだった。しかし、それは一瞬で、腰と背から地面に叩き付けられた。又八は思わず呻《うめ》いた。息が止まりそうになっていた。

男の足が蹴り上げて来た。海老《えび》のように身体を丸めた。

「腹は、打つな。爺いだからな。死なれては面倒だ」

肩と腰に蹴りが入った。

抗《あらが》う力など、どこにもなかった。頭を抱え、蹴られるのに任せた。

「いいか、爺さん。二度と生意気な口を叩くんじゃねえぞ。分かったな」

蹴りをくれていた男が、又八の懐を探り、巾着《きんちゃく》を引き抜いた。

「兄貴」男が、もう一人の男に見せている。

又八は男どもの顔を盗み見た。煮売り酒屋で隣り合った二人だった。

「結構あるじゃねえか」

「ありがとよ」空になった巾着を放って返した。

二人の足音が小さくなり、角を曲がったところで消えた。

又八は地べたに寝そべり、痛みが遠退《とおの》くのを待ちながら、礼を言うのはこっちだ、と男どもの去った闇に向かって言った。

「これで、汚ねえ金は、すっからかんになくなったぜ」

又八は顎をさすってから、鎌首《かまくび》をもたげた。誰か通る奴はいねえのかよ。人の姿どころか、足音一つ、しない。仕様がねえな。

肩を借りようと思ったのだが、それも出来そうにない。こうなったら、自力で帰るしかないか。

新シ橋を渡り、柳原通りを横切れば、富松町だ。

立ち上がろうとして、又八は顔を顰《しか》めた。腰が激しく痛んだのだ。

ちったぁ遠慮ってもんがあるだろうによ。思い切り、やりやがってよ。

しかし、それだけ二人を怒らせた、という思いもあった。ありゃ、俺だって怒るわな。

よろりと立ち上がり、腰に手を当てて歩き始めた。足を踏み出す度《たび》に、身体が揺れた。ざまぁねえぜ。

新シ橋を渡り始めてから、痛みがひどくなった。橋の中央に向けて上りになっているのが、腰に堪《こた》えるのだ。

又八は思い付く限りの悪態を吐《つ》きながら、足を押し出すようにして橋を渡り、柳原通りを抜けた。

富松町の町木戸を通った。番太郎を呼び出して肩を借りようかとも思ったが、長屋はもう目と鼻の先である。礼金を包んだり、腰を痛めた訳を訊《き》かれることを考えると、我慢しててめえで歩いた方がよっぽどいい。

町木戸を通り、大店の庇《ひさし》を支える柱にもたれていると、夜四ツ（午後十時）の鐘が鳴った。番太郎が木戸番小屋から出て来て、町木戸を閉めている。無理をすれば声の届く間合いだったが、今更と呼ぶのを止め、ゆっくりと歩いた。

案の定、長屋の木戸は、夜四ツとともにきっちりと閉まっていた。戸を叩き、月番の多兵衛を呼んだ。腰が悲鳴を上げている。直ぐにも横になりたかった。二度呼んだところで、路地の向こうで腰高障子の開く音がした。

ありがてえ。

これが隠居のお武家様とか大工の銀次郎《ぎんじろう》だと、戸を破る程の音を立てないと出て来てくれねえ。殊《こと》にいけねえのは、殊《こと》にいけねえのは、あの大工とは名ばかりで、博打打《ばくち》ちに成り下がっている銀次郎だ。誰かが、木戸を叩いていると知らせねえと、出て来ない時すらある。そこにいくと、意外と気持ちよく出て来てくれるのは、仲人と茶屋女だが、今はそれどころじゃねえ。

早くしてくれ。

又八は、戸を叩いた。

「はいはい。今、開けますよ」

顔を覗かせた多兵衛が、木戸に縋《すが》り付くようにして立っている又八を見て、頓《とん》狂《きよう》な声を上げた。

「どうしました？　大丈夫ですか」

「何てこたぁねえ。酒ぇ飲んで喧嘩しちまっただけだ」

「誰です、相手は？」

「知らねえ奴だ」

「腰を打ちました？」

「ああ……」

「歩けます？」

「歩いて来たんだ。それとも、走って来たように見えるのかい？」

「貼《は》り薬、持ってます？　なかったら、明日にでも買いに行ってあげましょうか」

嫌味を聞いていなかったのかよ。多兵衛は肩を差し入れながら言った。

「ありがとよ。寝てりゃ治っちまうから、心配は無用にしてくんねえな」

「そうかい？　でも、心配だから、明日様子を見に行くからね。遠慮はなしですよ」

「…………」

身の置き所がねえじゃねえか。あまり親切にしてくれるない。咽喉まで出掛けた言葉を飲み込み、又八は多兵衛の肩に縋って借店に入った。

水を一口飲み、布団に這《は》い上がり、そっと壊れ物のように身を横たえた。

酔いも手伝い、そのまま眠ってしまったらしい。

明け方、寝返りを打とうとして、腰の痛みで目が覚めた。息を詰め、騙《だま》し騙し身体を動かし、落ち着いたところで太い息を吐いた。こりゃ、暫く身動きとれねえぞ。

だが、ひどく困ったという思いはなかった。長年の一人暮らしの間には、風邪《かぜ》をこじらせたり、熱を出したりして寝込んだこともあった。勿論《もちろん》、喧嘩もした。勝ったこともあったが、しこたま殴《なぐ》られ、足腰が立たなくなったことも一度や二度ではない。みんな、寝て治した。もう若くはねえ。その分、治りは遅いだろうが、三日も寝ていれば何とかなるだろう。飯くらいならば、這ってでも炊ける。

そうと決まれば、寝るしかねえ。目を閉じるのだが、一旦目が覚めてしまうと、なかなか眠れない。そうこうしているうちに、障子の桟《さん》が仄《ほの》見《み》えて来た。外が明るんで来たのだ。

これで明け六ツの鐘でも鳴ってみろ。木戸を開けた足で多兵衛の奴が、どうですか、などと言いながら、顔を出すに違えねえ。親切はありがたかったが、借りなんぞ作るのは真《ま》っ平《ぴら》だ。寝ている振りでもするか。いや、そうなると、後でまた来るに決まってる。

うむ、と唸《うな》っていると、鐘が鳴り始めた。捨て鐘が三つ鳴り、刻を告げる鐘が一つ鳴り出したところで、腰高障子に続いて木戸の開く音がした。

足音が近付いて来て、止まった。

「又八さん」と遠慮がちに呼んで、返事を待っている。

黙っていたら、いつまでも待っているのだろう。

「開いているから、お入んなさい」

「お加減、どうです？」多兵衛が土間に立ったまま言った。

「昨夜はありがとうござんした。打ちどころがよかったのか、あまり痛まないようです」

「それは何よりですね。心配しましたよ」

「面目《めんぼく》ねえ」又八は掌で額を叩いて見せた。

「それじゃ、起こしちまいました？」

「これっくらいには起きるんで」

「何かあったら、言ってくださいね。本当ですよ」多兵衛が気遣《きづか》いながら借店に戻って行った。

掌を合わせたいような気分だったが、これでいい、と目を閉じた。俺は独りで生き、独りで死んでいくんだ。誰の世話にもなりゃしねえ。掻巻を被《かぶ》った。

とろっとしていたのだろう、大きな物音で目が覚めた。

まだ日は薄い。明け切ったばかり、というところだろう。とすると、いくらも寝てはいない。

何があったんだ？

思った途端、隣から子供の泣き声が響いて来た。何かを取った、と騒いでいる。追い掛け回しているのか、どたどたと足音がやかましい。

静かにしねえか。怒鳴りたかったが、腰に響きそうなので、ぐっと堪《こら》えて、天井を睨んだ。

市助と宮の叱る声がし、足音が止まった。やがて仲直りをしたのか、笑い声がし、煮炊きをするよいにおいが漂い始めた。

そう言えば、昨日の昼から飯粒を食べていなかった。腹が減っていた。

やってみるか。寝床から這い出し、米を釜に入れた。その恰好《かっこう》が悪かったのか、痛みが突き刺さった。思わず、その場に崩れるように倒れ込んだ。

「おじさん、どうしたの？」女の声だった。

首だけ曲げて見上げると、宮が腰高障子を開けて、覗いていた。

「何でえ……」返事はしたが、動けない。

宮が上がり込んで来て、又八の身体を起こそうとした。

「駄目だ。触るな」宮の手が、弾《はじ》かれたように離れた。

「昨日の夜、腰ぃ打っちまったんだ。痛ぇから触るんじゃねえ」

「お医者様には？」

「行ってねえ。そのうち治る」

「でも……」

「大丈夫だ。心配要《い》らねえ」又八は手で追い払うようにしてから、どうして覗いたのか訊いた。「何か、用か」

「いつもの怒鳴り声がしなかったので……」

成程、それでか。妙に可笑《おか》しくなった。笑った。身体が揺れ、腰に痛みが奔《はし》った。

「笑わすな」

「ご免《めん》なさい」

「分かったら出て行ってくれ。早く治すにゃ、寝なきゃならねえんだ」

「ご飯を炊こうとしていたんですか」

宮が釜を見ながら訊いた。

「まあな」

「だったら、私、おにぎりを作ってきます。おにぎりなら、寝ながらでも食べられるでしょ」

「いいよ。落ち着いたら、てめえで……」

「待っててね」

言うなり宮は、又八の借店を飛び出した。

「人の話を聞けよ。かなわねえな、もう」

布団に這いずり上がり、待っていると、盆を手にした宮と市助が入って来た。

盆には、握り飯が三つと味噌汁が載っていた。宮が枕許を片付け、盆を置いていると、市助が膝《ひざ》を揃《そろ》えて座り、又八に話し掛けた。

「腰を打ったと聞きました。いつもご迷惑をお掛けしておりまして、気にしておりました。お詫びと言っては何ですが、お身体がよくなるまで、何でも言い付けてください」

「まだ出来ないこともたくさんあるけど、一所懸命やりますので」宮が言葉を添えた。

「……ありがとよ」

鼻の奥がつんとして、それ以上は言葉にならなかった。

「朝昼晩とおにぎりを届けますからね」

「お大事になすって」

宮と市助が、そっと戸を閉めて、隣の借店に戻った。

「どうだった?」誰かが訊いた。

「大丈夫。打ち身は打った次の日が一番痛いんだ。それからずんずんと治ってゆく」

「ふーん」と子供らの声が重なった。

「でも、あのおじさん、年だからね」憎らしい声の主は、仁平という餓鬼に違いなかった。

手を伸ばして味噌汁を啜《すす》った。具は豆腐と油揚げだった。咽喉から胃の腑《ふ》に落ちていった。うめえ。握り飯にかぶり付いた。昆布《こんぶ》の佃煮が入っていた。瞬《また》く間に二つ平らげ、三つ目を取ろうとしていると、また隣の声が聞こえて来た。

「昼の飯、足りるの?」仁平ではない。新入りの四六という餓鬼だ。

「そうだねえ。少し炊き足さないといけないね」

又八は、握り飯を前歯でかじりながら、天井を見上げた。

四

二日寝て、三日目に又八は床を上げた。

まだ腰は痛かったが、足慣らしに近間《ちかま》の寺まで歩くことにした。近間と言っても、神田川を越え、鳥越橋《とりごえばし》辺りまでは行かなければならない。

この日はよい出物は少なく、その上突然雲行きが怪しくなり始めた。足腰がしゃんとしていれば、あらよっ、とひとっ走りして帰るのだが、そのような元気はない。久し振りに酒でも飲むか。

又八は新堀川《しんぼりがわ》沿いにある新旅籠町《しんはたごちょう》の蕎麦屋《そばや》に入った。酒を頼み、ちびりちびりと飲みながら、障子窓を開けて外を見ていると、ぽつりと落ちて来た。白っぽかった地面に黒い斑点《はんてん》が出来、それが瞬く間に広がり、辺りを埋めていく。

町屋の衆が逃げ惑っている。

あられ蕎麦を頼んだ。馬鹿貝《ばかがい》のむき身をあおやぎ、貝柱をあられと言う。あられ蕎麦は馬鹿貝の貝柱と、海苔《のり》を揉み散らした蕎麦である。

又八は貝柱を摘《つ》まみながら手酌《てじゃく》で銚釐を傾けた。時折腰が疼《うず》いたが、気にする程ではなかった。ふと、目の隅を赤いものが過《よぎ》った。赤いものは唐辛子《とうがらし》の作りものを背負っていた。それが大と中と小、と三つ並んでいた。

「…………」

大が蕎麦屋を指さし、中と小に何か言った。大中小がこちらに向かって走って来る。雨宿りでもしようと言うらしい。大の男は、子供たちの借店に出入りしている御用聞きの手下だった。確か三亀松とか言った。気の利《き》きそうな面《つら》ではなかったが、心根のよさそうな男だった。呼んでやろうか。又八が立ち上がり掛けた時、蕎麦屋の女将が窓を閉めに来た。

「吹き込みませんか。生憎《あいにく》の雨でございますねえ」

又八は気勢を削《そ》がれる形で、酒を口にしていると、外から話し声が聞こえてきた。大中小が話しているらしい。障子が赤く透けて見える。

「ついてないね」仁平が言った。俺のことを、年だ、と言った餓鬼だ。

「売れねえ時は、こんなもんだ」三亀松が答えている。

「おじさんは、あんな店に入ったこと、ある？」

どこのことを言っているんだ？　又八は障子を細く開けて、様子を窺《うかが》った。仁平が斜め向かいを指さしている。又八のところからでは、よく見えない。

「あんな高そうなところは、俺には縁がねえな」

「どんなものが出るんだろう？」

「玉子だろうな」

「ゆで玉子かい？」

「もちっと手が込んでいるはずだぜ。玉子焼きとかさ」

「玉子焼きなら、食べたことがある」と仁平が言った。

又八は耳をそばだてた。俺でさえ、二度しか食ったことがない。

「あんちゃんが殺される前に、目が出たからって、卵焼きを食べに連れてってくれたんだ」

「そうかい」

「三吉は、まだ外で飯を食ったことねえんだってさ。あいつの家は、貧乏だったから」

「そんなこと、言うもんじゃねえ。父親も母親も、働き者で評判だったんだ。銭が付いて回るか、回らねえかは、人の運ってもんだからな」

あーあ、と仁平が溜息を吐いた。

「一度でいいから、あんなところで飯食いたいな」

「いつか行こうな」市助の声だった。

「行けるかな」

「真面目《まじめ》に働いていれば、行ける」

「俺、真面目に働くよ」

「こうして繰り返し仕事が貰《もら》えるのも、よく売ってるからだからな」三亀松が二人を煽《あお》った。「よっしゃ、もう一稼ぎするか」

「合点承知之助《がってんしょうちのすけ》でさぁ」仁平の調子のいい声が続いた。

小降りになったのを潮に、三人が駆け出して行った。

又八は、それから四半刻の後、すっかり雨が止んだのを見届けて、蕎麦屋を出た。

仁平が指さしていた辺りを見ると、料理茶屋があった。僧や寺に出入りの者が使う《千《ち》とせ》という店で、味がよいとの評判は聞いたことがあった。あそこのことか。

又八は、着物を包んだ風呂敷を抱え、滑らないよう気を配りながら、ゆっくりと長屋へ戻った。

更に三日が過ぎ、腰の痛みも和《やわ》らいでいた。

朝、顔を洗いに出た又八が、ひょいと子供らの借店の戸を叩いた。

「世話になっちまったが、ご覧のように随分《ずいぶん》とよくなった。ありがとよ。それでな、お礼に、皆に今日の晩飯をご馳走《ちそう》したいんだが、受けてくれるかな？」

宮が振り向いて市助を見た。市助は框《かまち》まで出て来て膝を突き、そんなお気遣いはなさらないで、と遠慮して見せたが、又八がそれでは気が済まねえからと押すと、引き下がった。

「それじゃ、鳥越橋の北詰に七ツ半（午後五時）でいいか。腹ぁ減らしておくんだぜ。それからな、湯屋には行かなくていいぜ。汚れたまんまで来てくれ」

借店を後にして、井戸端に向かおうとした又八の背に、子供らの歓声が聞こえて来た。又八は、やけに嬉《うれ》しくなり、笑いながら歯を磨き始めた。

約束の刻限少し前に鳥越橋に行くと、既《すで》に子供らは来ていた。目敏《めざと》く又八に気付いた仁平が、皆に知らせている。十二の目が、又八に注がれた。

「今日はありがとうございます。お言葉に甘えさせていただきます」市助が膝に手を当てた。宮が、仁平が、三吉が続き、四六と五作が慌《あわ》てて所作《しょさ》を真似《まね》た。

「そんなご大層なところじゃねえが、まあ、行こうか」

「分かってらあな。この恰好でいいんだから、知れてるってもんだ。なっ？」仁平が三吉に言った。

「仁平」宮は睨んで叱り、済みません、と又八に言った。「躾《しつけ》が行き届かなくて」

「いや。あんたらはよくやっている。こんな時じゃねえと言えねえが、そう思ってたよ」

又八は機嫌よく言うと、通りを西に折れ、新堀川に架かる一ノ橋《いちのはし》を渡った。

「すっげえなぁ」と言いながら、仁平が千とせの門に走り寄り、中を覗き込んだ。

檜皮葺《ひわだぶき》門に柳の枝が掛かり、灯《とも》を灯されたばかりの柱行灯《はしらあんどん》に、千とせの文字が浮かび上がっている。

へへへっ、と笑い、鼻の下を擦りながら、仁平が踵《きびす》を返し、門前町を奥の方へ進もうとした。

「おいおい、どこへ行く？」又八が仁平に言った。

「こっちじゃ……？」元鳥越町《もととりこえちょう》の方を見ている。

「違う、違う」又八は、顎で千とせを指した。

仁平が口を開けたまま、又八を見、市助と宮を見た。

「刻限を決めといたんだ。遅れちゃいけねえ。入るぜ」

又八は檜皮葺門を潜り、石畳を踏んだ。水を打った敷石が足裏に心地よくなじんだ。振り向くと、子供らが固まって付いて来る。仁平は市助の陰に隠れ、又八から目を離さないでいる。

玄関に着いた。屋号を染め抜いた半纏《はんてん》を着た若い衆が、腰を折るようにして出迎えた。

「又八様、お待ち申し上げておりました」

若い衆が、玄関の右手にある内暖簾の方に声を掛けた。

濯《すす》ぎ桶《おけ》を手にした女中らが出て来た。座るように促《うなが》され、又八と子供らはずらりと並んで框に腰を下ろした。足許に濯ぎ桶が置かれた。

「おいら、てめえでやりますから」市助が断ろうとしたのを又八が止めた。

「それじゃ、この姐《ねえ》さん方の仕事がなくなっちまうよ」

子供らがくすぐったげに、身を捩《よじ》っているうちに濯ぎが終わった。

座敷に通された。

二十畳程の広さの座敷だった。

庭に続く障子が開け放たれている。築山に夕日が射し、赤く染まり始めているのを、子供らは声もなく見入っている。

仲居が現れ、又八に湯の支度《したく》が整っていると告げた。市助と宮が顔を見合わせた。

「汗を流して、さっぱりしてから食おうじゃねえか。気持ちいいぞ」

「あの」市助が訊いた。「湯も、貰えるのですか」

「そうよ。だから、湯屋に行くな、と言ったんだ。まさか、入って来たのか」

「いいえ」

「それでいいのよ。さあ、行くぜ」

「手拭が」

「心配すんねえ」

湯殿は男女別に別れており、それぞれの着替え処の板の間には、手拭と新しい褌《ふんどし》、襦袢に腰巻きが籠《かご》に入れて置いてあった。

「お宮ちゃんも、遠慮なしに新しいのに袖を通してくれよ。すべて料理代に含まれているんだからな」

脱いだものは、備え付けの風呂敷に包んで持ち帰ればいい。分かったな。

宮と四六と五作が女湯に入り、又八と市助、それに仁平と三吉が男湯に入った。湯に浸かっていると、仁平と三吉がちらちらと又八を盗み見している。市助が、泳ぐようにして又八の側に寄り、

「あの、こんなことを言っても気にしないでくださいね。払いの方ですが、大丈

夫なんでしょうか」

「当ったり前《めえ》だ。払えねぇなら、連れて来ねぇよ」

湯で顔をつるりと拭い、仁平と三吉に湯を飛ばした。仁平と三吉が手をばたばたさせて湯の飛沫《しぶき》を上げた。

「市、お前もやれ」

「そんな……」

「いいんだ。誰も見ちゃいねぇ」

市助が両手で湯を弾き飛ばした。


座敷に戻ると、主《あるじ》と女将が挨拶に来た。又八らは慌てて、湯呑みの置かれている場所を目印にして、それぞれ腰を下ろした。又八を上座にして、左右に子供が三人ずつという形である。主と女将が丁寧に畳に手を突き、頭を下げるのに合わせて、子供らも、又八も、頭を下げた。

「そろそろ始められますか」

「へい。腹ぁ減ったよな？」

又八が子供らに訊いた。仁平と三吉が、はい、と答えた。

「左様でございますか。では、ご注文のように一度に運ばせていただきます」

主が手を二つ叩いた。

廊下の向こうから、人が近付いて来る気配がした。一人や二人ではない。七人の仲居が出入りを繰り返し、膳の用意が整った。

子供らは、ただ呆然《ぼうぜん》と一つ一つ増えていく膳に目を奪われている。

本膳が目の前に、その右側に二の膳、左側に三の膳、そしてその向こう側に、右から与《よ》の膳、五の膳と、それぞれに膳が五つも並んだのだ。

四六と五作は、宮の右腕と左腕にしがみついている。

「お酒は、いかがいたしましょうか」仲居が又八に訊いた。

「よっ、どうする？」又八が市助に尋《たず》ねた。

「飲んだことがないので、遠慮しておきます」

「なら、俺もそうしよう」

「構わずに、やってください」

「いや、食えなくなると勿体《もったい》ねえ」

又八が頭をぽりっと掻《か》いた。

「それでは、ごゆっくり」主と女将が去るのを待って、又八が箸《はし》を取った。

子供らの箸が宙を漂っている。何から食べればよいのか、分からないのだ。

「それじゃ、ちょいと教えるから、よく聞いてくれ」

子供らの目が又八に集まった。又八は、箸で目の前の膳を指して、

「これが本膳。見れば分かるが、飯と膾《なます》と味噌汁と青物の煮物だ。二の膳は、すまし汁に鮑《あわび》の煮貝《にがい》に染《し》み豆腐。そして白身魚の煮物。三の膳は刺身だ。その水のようなのは、煎酒《いりざけ》と言ってな、醬油《しょうゆ》のようなもんだ。ぺたぺたと付けて食べりゃいい。刺身は酢《す》でしめてあるから、五作には酸っぱいかな。与の膳は、鳥が珍しいだろうからと、鶉《うずら》の肉を焼いてもらった。五の膳は、金団《きんとん》と玉子焼き、蒲鉾《かまぼこ》、魚の擂《す》り身《み》で作った寄せ物だ。甘くてうまいぞ。食べる順は気にしなくていい、好きなものを好きなように食ってくれ」あらかじめ主から聞いておいたことを話しただけだった。

「いただきます」子供らが声を合わせた。箸が五つの膳のあちこちに飛んでいる。

「うめえ」

「美味《おい》しいと言いなさい」

「美味しいけど、うめえ」

「夢みてえだ」

「夢なら、覚めちまうけど、覚めねえ」

市助と目が合った。

「こんなうまいものは初めてです」

「実のところ、俺もだ」と又八は言って、箸を伸ばした。

突然三吉が泣き出した。箸を握り締め、拳《こぶし》で涙を拭っている。

「どうした？」又八が訊いた。

「お腹、痛いの？」宮が訊いた。

三吉が頭《かぶり》を激しく左右に振り、

「お父とお母に食べさせてやりてえんだよ」叫ぶように言った。

「おらも、食わせてやりてえ」四六が言って、泣いた。

「泣くな」と市助が二人に言った。「泣かずに食うんだ。お父やお母の分までな。きっと喜んでくれる」

宮が頷いた。

「そうだよ。皆元気に、正直に生きているから、隣のおじさんがこんなご馳走をしてくれるんだからね。もう泣かないで、元気に食べようね」

あっ、と目敏い仁平が、又八を指して言った。

「おじさんが泣いてる」

「生意気《なま》言うんじゃねえ。目ぇ擦ってただけだ」

又八は、ばつの悪さを誤魔化《ごまか》そうと、仁平に訊いた。

「大きくなったら、何になりてえんだ？」

「こんな美味《うま》いものが食えるなら、古着買いになる」

長屋の者らには、湯灌場買いが仕事だとは話していなかった。死人の衣《ころも》の売り買いだ、とは言い辛《づら》かった。

「駄目だ。若いうちからする仕事じゃねえ。そんなに儲《もう》からねえしな」

三吉と四六に訊いた。飴《あめ》売りと面売りだった。五作は首を捻《ひね》っている。

市助にも訊いてみた。市助は箸を止め、暫く考えていたが、

「節句屋かな」と言った。「仕入れ屋も、売り方も知ってるし……」

宮が、市助の横顔を凝《じ》っと見ている。

「お宮ちゃんは？」

「あたし？　あたしは、みんなのお母さん」

「そりゃ駄目だ」市助が言った。「ちゃんと考えろよ、てめえの幸せってもんを

よ」

「あたし、今が幸せなの」

「幸せなんてものは、こんなもんじゃねえよ」

そうでしょ、と市助が又八に尋ねた。

「俺にも分からねえが、もっと大きな幸せは、あるんじゃねえか」

「でもあたしには、これくらいが……」

宮が手許に目を落とした。四六と五作が、宮の顔を覗き込んだ。

「前に」と又八が、すまし汁を膳に下ろしながら言った。「偉い坊さんに聞いたんだが、私雨《わたくしあめ》ってもんがあるらしいんだ」

「わたくし、あめ、ですかい?」市助が言った。

「私にだけ降る雨だ。他の奴んところには降ってねえのに、てめえんとこだけ降っているような雨だな。そんな気になったこたぁねえか」

「あるよ」仁平が答えた。

「あるさ」三吉が言った。

「俺は上手《うま》いことは言えねえが、頭の上にぽっかりと黒い雲があってな、周りは晴れているのに、俺の周りだけ雨が降っている。ついてねえ。どうして俺ばっかり。いいんだ、どうせ俺なんて、そんなもんだ。そう思っちまうじゃねえか。でもな、それじゃいけねえんだって言われた。頭の上の雲なんて忘れて、前見て歩いて行けば、いつか雲はなくなっているんだってな。たとえ私雨に濡れても立ち竦《すく》んじゃいけねえんだ。先にはきっと、でかい幸せって奴があるはずなんだ。お宮ちゃんは、若い。まだ歩き始めたばかりだ。今から、てめえを小さく縛るこたぁねえ。そう言いたいんだよな、市助は」

「そうよ。まだよちよちのくせしてよ」市助が、照れ隠しなのか、背をそびやかして言った。

「あたしがよちよちなら、市助さんは何なの？」

「這《は》い這いでしょう」仁平がすかさず言った。

笑い声が弾けた。笑いながら飯を食べるのは、いつ以来になるのか、と又八は笑顔を見せながら考えていた。

五

とっぷりと暮れ落ちた道筋に、柱行灯の灯が間遠に瞬《またた》いている。

「遅くなっちまったな」柳原の親分こと峰蔵が文治に言った。

福富町《ふくとみちょう》二丁目にある筆墨硯所《ひつぼくけんじょ》《旧古堂《きゅうこどう》》の主《あるじ》に頼まれ、番頭が入れ込んでいるという三味線の師匠を調べ、その報告に立ち寄っていたのだ。番頭は十三の歳《とし》から二十五年間勤めている男で、旧古堂は近々番頭に別家を持たせようか、と考えていた。そのためにも、番頭の身辺を正確に知っておきたかったのだろう。

このような頼まれごとは、年に何件かあった。峰蔵の人となりを承知し、買ってくれている者からの頼みなので、断り切れなかった。

残橋《のこりばし》を渡り、寿松院《じゅしょういん》の前を通り、門前町を歩いていると、十間（約十八メートル）程先にある料理茶屋の門から、大人に交じって子供たちが出て来た。手に屋号の入った小田原提灯《おだわらぢょうちん》を持っているところを見ると、客である。こんな店から、子供がぞろぞろ出て来るたぁ、一体全体どういう訳だ。峰蔵が首を捻《ひね》っていると、「親分」と文治が声を潜《ひそ》めた。「ありゃ、市助にお宮たちじゃありやせんか」

一人いる年嵩の者は、才槌長屋の又八であった。

又八の傍らには、仁平と三吉が纏《まと》わり付いている。

「えれえご馳走になりやした。夢のようでござんした」又八が見送りに出て来た主夫婦に頭を下げると、子供らが声を揃えて礼を言っている。

「何があったんでしょう？」

「ちっと待って、店で訊いてみようぜ」

峰蔵と文治は板塀を背にして立ち止まり、又八らが一ノ橋を渡るのを待った。

子供らがいるので、近道となる暗い武家屋敷小路を行かずに、遠回りをして帰るのだろう。

又八らの姿が橋の向こうに見えなくなった。

峰蔵と文治は小走りになって、千とせの門を潜り、主夫婦を呼び止めた。

「これはこれは、柳原の親分さん。いかがなさいました？」

「今、門で見送っていた子供連れだが、あれは客かい？」

「左様でございますが」

「済まねえが、よかったら、訳を聞かせちゃいただけやせんか」

「よろしゅうございますよ。こう言っては何ですが、私も誰かに話したかったんでございます」

女将も、笑みを浮かべて頷いた。

峰蔵と文治は、千とせの帳場に通された。今夜は客が少ないのか、三味《しゃみ》の音《ね》が聞こえて来ない。

女将が長火鉢に掛けていた鉄瓶《てつびん》の湯で茶を淹《い》れている。

「一昨日のことでございます」と主が言った。「突然、又八さんがお見えになりまして。玄関ではございません。裏にです。賄《まかない》の者が、そりゃあ驚きました。まあ、何と申しますか、少々みすぼらしい身形《なり》で、頼みがある、旦那を呼んでくれ、ですからね。すわ、たかりかと、気の早い者は、擂《す》り粉木《こぎ》を持って物陰に隠れていました。私が出てみますと、又八さんは、土間に手を突きまして、古着を商う者だ、小銭を貯めた。子供らに一生一度の贅沢《ぜいたく》をさせてやりたい、うるさいといけないので、隅の座敷でいい、座敷がだめなら、裏庭でもいい、何とか千とせの食い物を食わせてやってはもらえないか、と仰《おっ》しゃるじゃありませんか」

「何の騒ぎかと、その時に私も覗いてみたのです」と女将が茶を置きながら言った。「嘘《うそ》いつわりのない、よい目をしておられましたよ、又八さんは」

「そこで、まあ、隅の座敷ならば、と考え、子供さんのお年を伺いました。すると、随分とお小さい方もいらっしゃる。いわゆる食通好みのお品は駄目でしょうから、それではこのようなものはどうか、とお品書きをお見せしたのです。とすると、字は読めないのだ、と……。手前共をお使いくださるお客様には、そういった方はいらっしゃらないものですから、うかつでした。あの方も恥ずかしそうでしたが、私も久し振りに恥じ入りました」

「それで、私がお尋ねしてみました」女将が言った。「又八さんのお子さんと、お孫さんなのですか、と」

「又八さんは、いいえ、と言って、暫く黙っていたんですが、私もその辺が気に掛かりましたので、思い切ってもう一度お尋ねしました。すると、腰を傷めて、動けないでいる時に親切にしてくれた子供たちだ、と仰しゃる。その子たちが、千とせを見て、一度でいいから、と言っていたのを聞いた。だから、貯め込んでいた金を叩《はた》いて食わせてやろう、と決めた、と。そのお気持ちに、私は打たれました。打たれはしましたが、私どもも商売でございます。代金は遠慮なく頂戴しました。ですが、こちらも又八さんの心意気に感じましたので、一番の座敷を用意させていただきました」

「親分さん。又八さんをご存じなのですか」女将が尋ねた。

「へい。偏屈《へんくつ》で通っている爺さんで」

「あのお子たちは、兄弟には見えませんでしたが」

「あっしどもが長屋で面倒を見ている子供たちなんでございます」

「では、あの……」

才槌長屋の源兵衛と峰蔵らが、子供の世話をしているという話は、この辺りまで知られていた。

「左様でございましたか。世の中、捨てたものではございませんね」主が言った。「私、学ばせていただきました」

「あっしもでございます」

「それならば」と主が、女将を見てから、峰蔵に言った。「今日のは、千とせの招きということで、お代をお返ししなくては」

「それには及びません。取っておいてください。又八にしたら、清水《きよみず》の舞台から飛び降りる覚悟でしたことでしょうから」

「……承知いたしました」

――その翌日。

才槌長屋に又八の怒鳴り声が響いた。

「うるせえ。野中の一軒家じゃねえんだ。静かにしろい」

「朝っぱらから、元気だねぇ」

勘当息子の吉太郎が、伸びをしながら借店から出て来た。口を押さえて路地を行き来している子供たちを見て、うるさいのはどっちだい、と言った。

「何も怒鳴るこたぁないのにねぇ」

「いいえ、いいんです」宮が笑いながら言った。

「いいんだってば」ちょこちょこと寄って来た五作が、あかんべをしながら言った。

「何だい、可愛くないね」

ふん、と横を向いた吉太郎の目に、井戸端にいる嶋が映った。

「見たよ」と嶋に声を掛けた。

「どこで、さ」

吉太郎は駆け寄ると、嶋の耳許で囁《ささや》いた。二人がけたたましい笑い声を上げた。

「うるせえ」

又八が戸に何かを投げ付けたのだろう、どすん、という音がした。

第三話　討《う》っ手《て》

一

「申し訳、ございません」

《日野屋》の主《あるじ》・浪右衛門《なみえもん》が頭を下げた。日野屋は、浪人・笹岡小平太が足繁《あししげ》く通う豊島町の口入屋《くちいれや》であった。

「このところ、ぱたりと仕事が回《くち》って参りませんので、こちらも困っているのでございますよ」お急ぎならば、と浪右衛門が茅町《かやちょう》と天王町《てんのうちょう》の口入屋の名を上げた。「覗《のぞ》いて見られたらいかがでしょうか」

蓄《たくわ》えはあり、それを切り崩すところまでには至っていなかったが、今月は働きが少なかった。

「そうさせてもらうか」

茅町と天王町の口入屋には、ともに二度程仕事を世話してもらったことがあった。顔を繋《つな》いでおくのも悪いことではなかった。

笹岡は日野屋を辞した足で新シ橋を越えた。

茅町の口入屋《能代屋《のしろや》》と天王町の口入屋《常磐屋《ときわや》》を訪ねたが、やはり仕事はなかった。

焦《あせ》っても致し方あるまい。

夕飯には、まだ間がある。笹岡は、小腹を満たそうと、御廻米納会所《おかいまいのうかいしょ》と稲荷社《いなりしゃ》の間を抜け、猿屋町《さるやちょう》にある蕎麦屋《そばや》《肥後屋《ひごや》》に入った。入れ込みには客が溢《あふ》れている。どこに座ろうかと見回していると、出ようとして立ち上がり掛けた武家の所作《しょさ》が急に止まった。笹岡を見ている。五十の手前という歳《とし》か。笹岡も武家を見た。確かに見覚えがあった。誰だ、誰だった。必死で記憶の底を探った。江戸で会った者ではない。国許《くにもと》か。右の眉《まゆ》に斬《き》り傷があり、二つに分かれている。この眉、覚えがある。そうだ、細野《ほその》だ。細野吉郎兵衛《きちろべえ》だ。

細野も思い出したらしい。「あっ」と声を上げた。横にいた者がどうしたのか、と尋《たず》ねている。

次の瞬間、笹岡はくるりと向きを変え、肥後屋から走り出た。

「待て」

呼び止める声を振り切り、裏通りに飛び込んだ。甚内橋《じんないばし》を渡り、元鳥越町を駆け、無我夢中で三味線堀まで走り抜いた。武家屋敷が続き、人通りは少ない。振り返ったが、追って来る者はいなかった。

撒《ま》いたのだろうか。

息を整えようと立ち止まると、倒れそうになった。膝《ひざ》が震え、立っていられないのだ。土壁に手を突き、身体を支え、震えが収まるのを待った。暫《しばら》くすると、震えは日照り雨のように通り過ぎて行った。

十分背後に気を配りながら新シ橋まで急ぎ、神田川を渡った。

江戸に来て七年になる。この間、ただの一度も知り人《びと》に出会うことはなかった。それがための油断だったのか。まさか、国許の者に出会うとは。

全身から噴《ふ》き出した汗が、滴《したた》り落ちている。才槌《さいづち》長屋に駆け込んだ。

笹岡小平太は、本名ではない。本当の名は岡崎領太郎《おかざきりようたろう》と言った。

領太郎は、越前国敦賀《えちぜんのくにつるが》酒井家《さかいけ》一万石《ごく》の普請奉行《ふしんぶぎよう》配下、足軽組に属していた。

足軽組は五組あり、領太郎は二の組であった。細野吉郎兵衛は三の組だったが、二の組と三の組は大普請の時は力添えし合うので、何度か言葉を交わしていた。

岡崎家の俸禄《ほうろく》は二十五石二人扶持《ぶち》であった。

ことの起こりは二十三年前、領太郎が同組田坂矢一郎《たさかやいちろう》の妹・刀根《とね》に懸想《けそう》したことにある。矢一郎から、刀根に縁組の話が持ち上がりそうだと聞いた領太郎は、縁組願などの手続きを無視して、何としても我が妻にと田坂家に談じ込み、口論の果てに父の鞆一郎《ともいちろう》を斬殺《ざんさつ》してしまったのだ。先に刀を抜いたのは、領太郎だった。非はすべて領太郎にあった。二十二歳。若さゆえとは言い切れぬ年であった。

領太郎は、刀根の父を斬った足で逐電《ちくでん》した。父と母、そして他家に嫁《とつ》いでいた妹は、自害して果て、岡崎の家は絶えた。この話は、かつての二の組の朋輩《ほうばい》から聞いた。酒井家御用のため国許から来た朋輩と、京の都で偶然出会ったのだ。藩主の命を受け、討《う》っ手《て》が放たれていることも聞いた。討っ手の名目人は、仇討《あだう》ちの許しを得た田坂矢一郎であった。領太郎は岡崎領太郎の名を捨て、笹岡小平太と名乗り、西国《さいごく》、奥州《おうしゅう》と逃げ歩いた。

その間に、陸奥《むつ》の棚倉《たなくら》で嫁を娶《めと》った。棚倉は領主の転封《てんぽう》が目まぐるしく、中には土地に残る武家もいたので、溶け込みやすかったのだ。嫁は百姓の娘であった。気立てがよく、病の虫など寄り付きそうにない女だったが、五年目の冬、風邪が因《もと》で嫡男《ちやくなん》とともに死に、笹岡は一人残されてしまった。それが八年前のことになる。翌年、江戸に出た。

頼れる者は、三十年余の昔、父が江戸勤番の時に知り合った、麻布《あざぶ》は真然寺《しんねんじ》の和尚《おしょう》・宗仁《そうじん》だけだった。話を聞いた宗仁は、三月《みつき》の間領太郎を寺に置いた後、人となりを見極めたのか、領太郎が探して来た才槌長屋の店請け人（身許保証人）を引き受けてくれた。その時から、笹岡小平太としての江戸暮らしが始まった。

笹岡は水瓶《みずがめ》の蓋《ふた》を開け、水に映る己《おのれ》の顔を見詰め、二十二歳の面影《おもかげ》を探した。色は黒くくすみ、皺《しわ》も深くなり、鬢《びん》には白いものが見える。どうして、これだけ面変《おもが》わりしているのに、彼奴《きゃっ》は俺と気付いたのだ。

歯嚙《はが》みをしたが、遅かった。

これから、どうすればよいのか。考えながら、湯を沸《わ》かし、朝炊《た》いた冷や飯に回し掛けた。沢庵《たくあん》を囓《かじ》り、湯漬けを搔《か》き込む。何が起こってもいいように、とにかく腹を満たした。

何を食べたのか、味がしない。しかし、二膳食べていた。飯が咽喉《のど》を通るのだから、俺の腹は、存外据《す》わっているのだろう。

冷静に考えよう。

器を流しに置き、腕を組み、腰高障子《こしだかしょうじ》を見た。誰か木戸の方から来れば、影が射す。

細野と出会《でくわ》したのは、猿屋町の肥後屋だ。あそこの者は、俺がどこの誰だかは知らない。多分細野らは、近くの者に訊《き》き回るだろう。

俺が浪人であることは、身形《みなり》で分かる。口入屋にも行くに違いない。猿屋町の隣は天王町だ。常磐屋に行き、斯様《かよう》な浪人を知らぬか、と俺の背丈《せたけ》や顔付きなどを言い、尋ねるだろう。俺は、陸奥棚倉の浪人・笹岡小平太と届けてあるから、そうは簡単に結び付きはしないだろうが、細野という男、昔はあれで、なかなか勘の鋭い男であった。

偽名かも知れぬ。念のため見に行ってみるか、となれば、笹岡が俺であることなど、時を移さずに露見してしまう。

俺が奴ならば、この場所を押さえておいて、討っ手の者に知らせる。藩邸から何人かの助太刀《すけだち》討っ手は、まだ生きているとすれば、田坂矢一郎だ。奴の腕では俺は斬れぬ。あれから二十三が遣《つか》わされるだろうが、要は田坂だ。奴の腕では俺は斬れぬ。あれから二十三年、奴も腕を上げたかも知れぬが、こちらの方が剣では上だった。数で襲われなければ勝算はある。いっそのこと、返り討ちにしてくれるか……。

——父上。

刀根の叫び声が耳朶《じだ》に蘇《よみがえ》った。二十三年間、忘れたことのない叫び声だった。

返り討ちにしてもよいのか。そのようなことをしたら、田坂の家はどうなるのだ。仇《かたき》も討てず、徒《いたずら》に日を送り、果ては返り討ちに遭《あ》ったとなれば、家名の存続も危うくなる。理不尽《りふじん》なのは、俺だ。この俺の方なのだ。

「…………」唇を噛み締めた時、腰高障子の向こうを細長い影がよぎった。

思わず刀を摑《つか》み、身構えていると、

「やはり、何ですなぁ」と奥の方から、こまっちゃくれた声が上がった。「飯なんてぇものは、湯を浴びて汗を流し、真《ま》っ新《さら》の褌《ふんどし》をきりりと締めてからにしてほしいもんですな、姐《ねえ》さんや」

「こらっ」と叫んだのは、宮という女子《おなご》だった。「生意気《なまいき》言ってんじゃないの。手ぇ洗って来ないと、おまんま上げないよ」

「へーい」ばたばたと足音がした。

「仁平、一人で行くんじゃないの。五作も連れてって」

「人使いが荒いんじゃございませんか」

「何だって？」

「いいえ。何でもござんせんでございますよ」

仁平が五作を呼んでいる。

「空店に引っ越したい気分だぜ」仁平の悪態を聞き、笹岡は壁越しに隣を見た。

そうか。その手があったか。

今夜から、夜が更《ふ》けたらこっそりと隣に移ればよい。万一、長屋がばれ、襲われたとしても、一時の救いにはなるだろう。

そのためにも……。

笹岡は後架《こうか》へ行く振りをして、帰りに隣の空店の雨戸を横に引いてみた。するりと開いた。更に腰高障子も開けてみた。風を通していない空店の中は、ひどく蒸し暑く、黴《かび》がにおった。

笹岡は己の借店に戻ると、行李《こうり》を取り出し、銭と金目のものと、父母と妹、それに嫁と嫡男の位牌《いはい》を袋に収めた。そして、隣の空店を覗かれないように、と仔《し》細《さい》あって長屋を引き払う旨《むね》の書き置きを認《したた》めた。

「これで、安心して眠れる……」

宵《よい》五ツ（午後八時）の鐘が鳴った。まだ、寝静まる刻限ではない。かたこと、それぞれの借店で音がしている。その音に紛《まぎ》れて、借店を出、隣の空店に移った。

畳も薄縁《うすべり》もない板の間に、一反風呂敷《いったんぶろしき》を広げ、薄い布団を敷いた。

咳《せき》をすると、隣の古椀《ふるわん》買いに怪しまれる。口許に手拭を置き、横になった。

闇の中で目を開け、討っ手のことを考えた。

今、どこにいるのか。近くなのか、それともどこか遠くなのか。遠くにいるとなると、江戸に呼び寄せるのに如何程《いかほど》の日数が掛かるのか。

いや、討っ手そのものが、果たしているのかどうか。田坂が病で死に、縁者も高齢になっておれば、最早《もはや》討っ手などいないのかも知れぬ。細野が俺を見て驚き、待て、と言ったのは、まだ逃げているのか、もう逃げなくともよいのだ、と言おうとしたのではないか。いやいや、一度殿が仇討ちを許されたのだ。田坂の家が絶えたとしても、主命だけは残っているはずだ。俺の首を田坂の墓に献じようとする者があるかも知れぬ……。

悶々《もんもん》としているうちに、鐘の音が聞こえて来た。夜四ツ（午後十時）を知らせる鐘だった。月番の常三郎が木戸を閉めている。これで、長屋に入るためには、月番を起こさなければならなくなる。不意を衝《つ》かれる恐れは、まずない。

ふっと息を漏《も》らしていると、木戸をそっと叩《たた》く音がした。

誰だ。長屋の者ならどうしてもっと堂々と叩かぬのだ。藩邸の者か。

笹岡は刀の鯉口《こいぐち》を切り、柄《つか》を握り締めた。

常三郎が借店から出て行く音が聞こえた。あいよあいよ、と呟《つぶや》いている。

「開けるから待ってくれ」

笹岡は、動きを殺し、全身を耳にした。

「今、丁度閉めたところだ」

「済まねえな。急いだんだけどよ。間に合わなかった」

又八という古着買いの声だった。飲んで帰って来たのだ。又八の足音が通り過ぎた。

再び、音が途絶えた。静かだった。静けさが身体に絡《から》み付いて来た。

笹岡は、首筋に汗を滲《にじ》ませながら夜の闇を見詰めた。

二

雨戸を叩く音で目が覚めた。暗い。それが雨戸を立てているためであり、そこが隣の空店であるということに気付くのに、僅《わず》かな刻《とき》を要した。

そうだった……。

昨日、細野に出会《でくわ》してからのことが、瞬時に頭に蘇った。

まだ戸を叩く音は続いている。笹岡は、刀を手許に引き寄せた。

雨戸が開いた。腰高障子が白く膨《ふく》らんで見えた。

「そこにいらっしゃるのは分かっています。入りますよ」大家の源兵衛の声だった。

「…………」

腰高障子が引き開けられ、源兵衛が半身を土間に入れた。

「一体どうなさったのでございます？」

「源兵衛殿、お一人か」

「左様でございますが」

「誰か、私を訪ねて来たのではないか」

「いいえ、どなたもお見えになりませんが」

「実《まこと》か」

「入ってもよろしゅうございますか」

「…………」

源兵衛は土間に入ると、黴くさいですね、ここでは何ですからお出になられませんか、と言った。

笹岡の咽喉《のど》はからからに乾いていた。小用は流しの傍《かたわ》らに捨てられていた桶《おけ》で足せたが、飲み水を持参するのを忘れていたのだ。

土間に下り、路地を調べてから、井戸端に走り、水を胃の腑《ふ》に流し込んだ。追うようにして付いて来た源兵衛が、訊いた。

「黙って空店にお入りになられては困りますが」

「済まぬ……」

町で喧嘩《けんか》の仲裁に入り、逆恨《さかうら》みされたようなのだ、と咄嗟《とっさ》に言い訳をした。

「笹岡様がどこの誰だか分かっている者なのでございますね？」

「そうらしい」てめえ、才槌長屋の浪人だな、と申しておった、と嘘《うそ》がすらすらと出た。

「成程《なるほど》、それで後難《こうなん》を避けて、空店へという訳ですか。それでしたら、峰蔵親分に相談なさったらいかがです」

「いや、それには及ばぬ」

「あたしが心配なのは、他の店子連中に危害が及ばないか、ということですが」

「多分、その心配は無用と思う」

「分かりました」

「大家殿に知れたということは、ここの者らは皆？」

「いいえ。多兵衛さんだけでございます。今朝方、隣の空店から大鼾《おおいびき》が聞こえたそうで、てっきり誰か入り込んだ、と思い、あたしのところへやって来たのです。二人で見に行こうかと思ったのですが、それも怖いので、笹岡様のところへ助太刀を頼みに寄りました。ところが、いらっしゃらない。もしや、と思い、雨戸と障子をちょいと開け、そっと覗いてみたのですよ。そうしたら、笹岡様らしいお方がよくお休みになってましたので、どういう事情《わけ》なのか伺おうと、こうして出直して来たのです」

　夜が明ける前に借店に戻ろうと考えていたのだが、明け方になって眠りに就《つ》いたので、すっかり寝込んでしまったのだろう。

「そうであったか…」源兵衛が、助太刀を頼みに寄った、と言ったことに気付いた。借店に上がったのか。「書き置きがあったであろう。読まなんだのか」

「読ませていただきました」源兵衛が、ゆったりと頷《うなず》いた。

「仔細あって長屋を引き払う、と書いてあったであろう。信じなかったのか」

「はい。本当に引き払うおつもりなら、あたしの家に投げ入れるはずです。あれは、誰か尋ねて来られる方に読ませようとなされた目眩《めくら》ましだと思いました」

「敵《かな》わぬな」

「長年大家をしておりますと、人の心のうちが読めるようになります」

「そうか。読めるか」笹岡が源兵衛を見た。

「はい」源兵衛も笹岡の目を見た。

「済まぬが、数日でよい。夜だけ、使わせてもらえぬか」

「致し方ございません。隣の多兵衛さんにだけ話しておきますので、あまり気付かれないようにお願いいたしますよ。空店に移りたいと言っているのもおりますので」

「承知した」

「今日は、お出掛けには」

「おとなしくいたしておる」

「何かの時は、奥には逃げずに、表に走り出てください」

「子供らか」

「はい。怪我《けが》をさせると、奉行所に届け出なければなりませんので」

捨て子は、御上からの預かり者として育てなければならなかった。

「心得た」

笹岡は、源兵衛に頭を下げると、空店ではなく、己の借店へと帰った。

「真面目《まじめ》に働いていますか」源兵衛が訊いている。大家がそのように訊く者は、道楽息子の吉太郎は論外として、長屋には一人しかいなかった。向かいの大工・銀次郎である。

「時折、膝が痛みまして、どうも思うようには……」

「そうですか、走っているのを見掛けたことがありますが」

「人違いじゃありませんか」

「よく似てましたが」

「この世には七人ばかり似たのがいるとか言いますから、そのうちの一人では」

「では富松町に銀次郎さんのようなのが二人いることになりますね」

「出会わさないのが不思議ですねぇ」

「桶に水を張って覗いてご覧なさい。きっとおりますよ。その中に」

しっかりしてくださいよ、と言い置いて、源兵衛が山科屋に戻った。その背に舌打ちをくれ、銀次郎は笹岡の借店の戸を叩いた。

「何か」

「開けても、よござんすか」

「……構わぬ」

無精髭《ぶしょうひげ》を伸ばしたままの笹岡が、目を光らせていた。

「ご浪人さん、誰かに狙われていなさるんですかい？」

「聞いていたのか」

「実は、あっしもなんで」

「何が、言いたい？」

「いえね、あっしも危ねえんで、夜になったら伺いたいのですが」

「隣へ、か」

「へい。お仲間に加えさせていただけたら、と思いまして」

「何をやった？」

「何も」

「何もしないで追われるのか」

「博打《ばくち》ですよ。溜《たま》った借金が三両と二分。ちいとやかましくなりましてね」

「こっちは大分危ないが、それでよいか」笹岡は刀を手に取って見せた。

「ご同様で」

「酒は飲まぬぞ。血が止まりづらくなるでな」

銀次郎は、一瞬ひるんだが、袖《そで》をたくし上げると、

「夕飯は用意させますんで、任せてください」

と言った。

「よいのか」

「居《い》候《そうろう》代《だい》と思ってください」

「分かった。私は、何か腹に入れたら、隣に移っているから、好きな時に来るがよいぞ」

「へい」

銀次郎は戸を閉めると、長屋の奥の方へと向かった。後架にでも行ったものと思っていたが、嶋のところだった。それが分かったのは、夕飯の時であった。

「ご飯だよ」嶋が、握り飯と味噌汁と漬物を運んで来たのだ。

「済まねえな。助かったぜ」

「お足さえ貰《もら》えば、おさんどんの真似事《まねごと》なんぞ、安いものさ」

銀次郎の持ち込んで来た手燭《てしょく》の灯の中で、握り飯を手に取った。赤紫蘇《あかじそ》の葉漬けを微塵《みじん》に刻んだものをまぶしてあった。

「うまいな」笹岡が言った。

「でしょう。あたしの好物なんですよ」

「ありがとよ。明日の朝も頼むぜ」

「刻限を言っとくれ。いつ持って来りゃいいのさ？」

銀次郎が笹岡を見た。

「そうだな……」気付かれないように、と源兵衛に言われている以上、早朝よりも長屋の連中が商売に出た後の方が、よいように思われた。万一襲われるとしたら、早朝か夜更けだろう。その頃は、空店らしく見せておかねばならない。「朝五ツ（午前八時）では、どうかな？」

「明日も同じものだけど、いいかい？」

「贅沢《ぜいたく》は言わぬ」

「俺も言わねえ」

「おまけだよ」嶋が長屋から出て、山科屋の品を見る振りをして、辺《あた》りを見回して来た。

「妙なのは、いなかったよ」

笹岡と銀次郎は、残りの握り飯を腹に詰め込んだ。

その夜も討っ手の姿は見えず、朝になった。

「笹岡様のが来るか、あっしのが来るか、丁半《ちょうはん》で決めたいくらいでやすね」

ちょいと金の算段をして来やす。朝飯を食い終えた銀次郎が空店を出て行った。

一人になると、不意に心細くなった。細野に出会したのが、一昨日の夕刻である。二日近くが過ぎていることになる。

藩邸の者が手分けして、肥後屋の周辺を当たれば、分かりそうなものではないか。

いや、と否定する己もいた。

つぼを押さえた探索行が出来る者どもなら、二十三年の長きにわたり、俺を逃しはせぬわ。ここ数日を乗り切れば、また以前のような暮らしに戻れるのだ。

――父上。

刀根の叫び声が、また耳朶に蘇った。

どうしろ、と言うのだ？

床を叩こうとして、思い止《とど》まり、布団に横になった。雨戸の隙間から光が差し込み、床に模様を描いている。光の模様はちらちらと震えるように動いては、少しずつ位置を移していく。見るとはなしに見詰めているうちに、夕刻になった。

銀次郎は、まだ帰って来ていなかった。

日が落ち、握り飯が届けられたが、戻る気配さえない。

「あたしのご飯じゃ気に入らないのかしら？」

嶋がこっそりと引き返して、一刻（約二時間）程過ぎた頃だった。雨戸が細く開き、笹岡の名を呼ぶ銀次郎の弱々しい声が聞こえて来た。

「どうした……」

腰高障子を開け、外を覗いた。足許に銀次郎が倒れていた。

笹岡は素早く銀次郎を助け起こすと、向かいの銀次郎の借店に抱え込み、寝かせてから灯を灯《とも》した。

刺し傷も斬り傷もなかったが、袖は千切《ちぎ》れ、顔や手足や腹に、ひどく殴《なぐ》られた痕《あと》があった。

笹岡は水を飲ませ、濡れ手拭で冷やしてやりながら訊いた。何があった？

網を張っていやがった、と銀次郎が言った。俺が出入りしそうなところはすべて、ですぜ。それで、取っ捕まって、このざまでさあ。

「殺されていないってことは、見逃してくれたのか」

「まさか、そんなに甘かぁ、ござんせん。十日のうちに金を持って行かねえと、殺されるんだそうで。これは、その威《おど》しなんですよ」

「当てはあるのか」

「ありゃあ、こんなところでのんびり話しちゃおりやせん」

「どうするのだ？」

「旦那なら、どうしやす？」

「逃げるしかあるまい」

「出来るなら、そうしたいもんで……」

「分かった。万一の時は、私が何とかしてやるゆえ、休め」

「三両二分、お持ちなんで？」

「今は、ない。ないが、どうにかする」

「そんな、ご迷惑をお掛けする訳には……」

「構わぬ。迷惑を掛けて来た償《つぐな》いだ」

「旦那に迷惑を掛けられた覚えなんて、ありやせんぜ」

「お前に、ではない。これまで血の涙を流させて来た多くの者にだ……」

「旦那」

「何だ？」

「ひょっとして旦那は、本当は岡崎様と仰《おっ》しゃるんじゃ……」

「どうして、それを？　誰に聞いた？」銀次郎の肩を揺すった。銀次郎が呻《うめ》いた。

「阿部川町《あべかわちょう》の知り合いの家に行く時に、お侍に呼び止められて、訊かれたんです。知らねえかって」

「どのような侍だった？　年は？」

「普通のお侍で……」

「何か特徴はなかったか。国訛《くになま》りは」

「さあ」銀次郎が首を捻《ひね》っている。

細野吉郎兵衛だろうか。細野の特徴を話した。右の眉に斬り傷がある。

「そのお侍です。眉が二つに斬れてました」銀次郎が指を右の眉に当てた。間違いない、細野だ。やはり奴らは、あれから俺を探していたのだ。

「そうか……」

咄嗟に甚内橋を北に渡ったので、北を探しているのだろう。そちらで埒《らち》が明かないとなれば、いつかはこちらへも調べに来るに違いない。

来るべき時が来たのだ。吐く息が俄《にわか》に震えた。

「あのお侍に狙われていなさるんで……」

「案ずるな。成るようになる。成らぬ時は、其《そ》の方《ほう》も潔《いさぎよ》く諦めろ」

「………」銀次郎が顔を引き攣《つ》らせた。笑おうとしたのか。

「取り敢《あ》えず、向かいの荷物をこちらに移すぞ」と笹岡が、借店を見回しながら言った。「これから十日の間は襲われる心配がないのだ。使わぬ手はなかろう。それに、空店より住みやすそうだしな」

「へい……」

「私も、今夜からここに泊まるが、よいな」

「どうぞ」

布団と握り飯に味噌汁を運び、嶋に明日から飯はいらぬ、と告げた。銀次郎の借店で煮炊きをすればよい。

半刻（約一時間）が経《た》った。

濡れ手拭で傷を冷やしているうちに、銀次郎が寝息を立て始めた。

笹岡は乏しい行灯《あんどん》の明かりの中で、剣を抜いた。

刃渡り二尺三寸（約七十センチメートル）。反《そ》りは浅く、尖《とが》った互《ぐ》の目《め》の刃文が力強い。鈍色《にびいろ》の肌を見詰めていると、引き込まれるような妖気《ようき》が窺《うかが》えた。岡崎家伝来の刀であった。

「旦那」いつ目を覚ましたのか、銀次郎が見ている。「まさか、あのお侍を斬るんじゃねえでしょうね」

「斬るかも知れぬ」

「そんな……」

笹岡は刀を鞘《さや》に収め、立ち上がった。

「出掛けて来る」

「これからですか」

「決めたのだ。私は顔を晒《さら》すことにする」

「そんなことをしたら……」

「ここに戻れぬことも、あり得るであろうな」

「……………」

「その時は、私の差料《さしりょう》を其の方に渡すように、必ず言う。売れば、五両にはなる。金のことは案ずるな。死んだら、刀は不要だからな」

「…………」

「冗談だ」

「……旦那、追われているのは、間違いないんですよね？」

「そうだ」

「なのに、見付かっちまう、おつもりで？」

「先方が首尾よく見付けられなければ、お前に頼む」

「何を？」

「その時が来れば話す」

富松町の煮売り酒屋に入り、一刻程ちびちびと酒を飲んだが、何も起こらなかった。

常三郎の手を煩《わずら》わせて、銀次郎の借店に戻った。常三郎が、驚いたような顔をして、銀次郎の借店に入って行く笹岡を見ていた。

三

翌日から笹岡小平太は、長屋の木戸門脇に置いた長床几《ながしょうぎ》に腰掛け、通る者を眺め、夕刻になると煮売り酒屋に出掛けた。一度ならず、橋上に立って向柳原を眺めてみようか、とも思ったが、足が竦《すく》んでしまい、柳原通りに踏み出せなかった。

煮売り酒屋は、この七年、贔屓《ひいき》にしている大和町代地《やまとちょうだいち》にある《お多福《たふく》》だった。酒が美味《うま》いとか、気の利《き》いた肴《さかな》を出すという訳ではない。客の多くは小銭を握り締めた日傭《ひよう》取りで、騒々しいことこの上ないが、居心地がよいのだ。これまでは、お多福では、討っ手に追われていることを忘れて酒に酔うことが出来た。

銀次郎が細野に声を掛けられてから、三日が過ぎた。まだ、細野の姿も、田坂矢一郎らしき姿も柳原通りに現れてはいない。

四日目の昼になった。

昼《ひる》飯を終え、手習所《てならいどころ》に戻る子供らの話し声が腰高障子の外を通り過ぎて行く。銀次郎が温めた味噌汁を竈《かまど》から下ろしながら、声の方に目を遣《や》った。

「あんな頃が、華でやすね」

「そうだな……」

笹岡と銀次郎の遅い昼飯が始まった。

冷や飯に味噌汁を掛けただけの、いつも通りの昼飯だった。箸休《はしやす》めのひじきを摘まんでいた笹岡が、椀と箸を膝許に下ろして銀次郎に言った。

「うかうかしている間に、十日の日限《ひぎり》が来てしまう。お前の金の算段をせぬとな」

「へい……」銀次郎が箸で米粒を摘まんでいる。

「赤坂《あかさか》御門内まで歩けるか」

富松町からだと、千代田《ちよだ》の城をぐるりと半周しなければならない。

「多分、歩けやすが……」

「ならば、頼むことがある」

「何を頼まれるのか知りやせんが、それ、止《や》めましょう。旦那、ここは一か八かで、逃げやしょう。なあに、旦那が段平《だんびら》振り回してくれりゃ、破落戸《ごろつき》どもなんぞ、おたおたしやす。その隙に、二人で江戸を売りゃ、何とかなりやすよ」

「出来ぬ」

「そんなに、あの眉毛はおっかねえ奴なんで？」

「私はな、これ以上生きるに値しない者なのだ」

「…………」

「好いた女の家に勝手に押し掛け、縁組を談じ込み、断られると女の父を斬って逃げたのだ」

「旦那が、ですか」

「女の上げた悲鳴が、未《いま》だに耳から離れぬ」

「旦那の御家は？」

「二親《ふたおや》も妹もすべて自害し、絶えた。親類の者も、領外に追われたらしい」

「……あの眉毛は、旦那が斬られた方の親戚か何かで？」

「そうではないが、見知っていた者だ。討っ手に知らせる一方で、私を探していたのだろう」

笹岡は椀と箸を膳に置き、銀次郎、と形を改めて言った。

「藩邸に行き、眉毛に私の居所を告げ知らせてくれぬか」

「そんなこと、したら……」

「私の本当の名は、岡崎領太郎。越前国は敦賀・酒井家に仕《つか》えていた軽輩だ。眉毛は、細野吉郎兵衛と言う。藩邸に行き、細野を呼び出し、私の居所を教えるから三両二分、細かいな、四両……いや、五両くれと言えば、出してくれるだろう。必ず前金で貰えよ。後金となると、武家も当節世知辛《せちがら》い。値切られるのが落ちだ」

「旦那ぁ……」銀次郎の顔が歪《ゆが》んだ。

「何も言うな。決めたことだ」

「独《ひと》り決め、しねえでおくんなさいよ。旦那はあっしに、旦那を売れと、そう仰しゃっているんですぜ」

「そうだ。討っ手のためにも、其の方のためにもなる」

「旦那は、ひどい御方だ。てめえの命をあっしに預けようってんですぜ。預けられたあっしはどうすりゃいいんです。旦那を売って、金を返して、てめえの命を長引かせといて、うめえおまんまが食べられるとでもお思いですか」

「ならば、止めるか」

「そうは言っちゃいねえ。いねえが、少し考えさせてください」

「そんな余裕があるのか。どのみち、ここは見付かる。早いか遅いかの違いでしかない」

笹岡は椀に残っていた飯粒を掻き込むと、世話になったな、と言った。

「夕刻になったら飲みに行く。藩邸の場所は、赤坂御門内だ。越前国敦賀の酒井家の上屋敷はどこか、と辻番所で訊けば分かるはずだ」

「……本当によろしいんで？」

「構わぬ。お多福もな、教えてやれ」

銀次郎が出掛けに笹岡の借店を覗くと、文机《ふづくえ》に並べた位牌《いはい》に掌を合わせていた。銀次郎に気付いていたのだろうが、振り向こうとはしなかった。銀次郎は、頭を下げ、長屋を後にした。

腰高障子を閉めていると、後ろ手をした大家の源兵衛が、ちらと空店を見て、もうよろしいのですか、と訊いた。

「はい。お世話になりました」

「お出掛けですか」

「ちょっと飲みに」

「よろしいですな。大手を振って町を歩く。それでこそ、人の道でございますからね」

「仰しゃる通りです」

「行ってらっしゃい。お早いお帰りを」

「では」

大和町代地に出、お多福の縄暖簾《なわのれん》を潜った。

まだ夕七ツ（午後四時）の鐘が鳴って間もない。店の中は、早めに仕事を切り上げた居職《いじょく》の者がちらほらといるだけで、空《す》いていた。

笹岡は入れ込みの奥に上がり、酒と肴を頼んだ。肴は、昆布《こんぶ》と油揚げの煮物と鰯《いわし》の摘入《つみれ》である。

銚釐《ちろり》が来た。猪口《ちょこ》に注いでいると、煮物と摘入が追い掛けるように出て来た。

摘入を箸で千切り、口に運ぶ。生姜《しょうが》をたっぷりと入れた、濃い煮汁が染《し》みていた。慣れ親しんだ味だった。もう一口食べ、酒を飲み、昆布に箸を伸ばす。

銀次郎は、どうしているか。もう細野に会えたのだろうか。恐らく、細野は市中に出て、私を探していることだろう。細野を呼び戻すか、それとも藩邸の者だけで、捕えに来るか。

俄《にわか》に、事態が切迫して来ているような気がした。

店の外の様子を窺った。まだ日は残っており、通る人の姿がよく見える。足を止めて覗いている者も、武家の姿もない。

銚釐を持ち上げた。手が震え、猪口に注ごうとした酒を零《こぼ》してしまった。構わず、猪口の酒を呷《あお》り、箸を手に取った。摑《つか》み損《そこ》ねて、摘入が転がった。

「まあ、笹岡の旦那、どうしたんです?」酌《しゃく》取り女の玉《たま》が、撓垂《しなだ》れ掛かって来た。

その時、勢いよく店に飛び込んで来た男がいた。笹岡は、玉に隠れるようにして戸口を見た。左手は剣に伸びている。

「やだ、旦那。どうしたんです?」

男は草履《ぞうり》屋《や》の手代だった。額《ひたい》に汗が伝った。

「済まぬ。飯をくれ」

「もう、ですか」

「何でもいい、汁を掛けて来てくれ。刻が惜《お》しい。急いでな」

「はい……」玉が怪訝《けげん》な顔をして立ち上がり、飯を持って戻って来た。

笹岡は汁掛け飯に摘入と煮物の残りをのせ、搔き込んだ。噎《む》せてしまい、飯粒が辺りに飛んだ。構わずに、なおも搔き込み、銭を払って逃げるように店を出た。

四囲《しい》を見回した。驚いたように、見返して来る者もあったが、銀次郎も酒井家の者らしい武家も、どこにもいなかった。

どこに行けばいいんだ。才槌長屋には、もう戻れない。何てことを、してしまったのだ。真然寺の和尚に店請け人を頼み込み、やっと入れた長屋を自ら捨てるなんて、正気の沙汰《さた》か。

笹岡の脇を人が擦《す》り抜けて行く。

ここに留まっていたのでは、見付かってしまう。取り囲まれ、膾《なます》に斬られ、血達磨《だるま》になっている己が見えた。いやだ。斬られたくない。ここまで、二十三年、生き延びて来たのだ。今更見付かってたまるか。

済まぬ。済まぬ。刀根の顔を、矢一郎の顔を脳裏《のうり》に描いた。探し出せない、そっちが悪いのだ。

そのまま南へ向かって足を踏み出した。振り返らずに歩き続けた。

浜町堀《はまちょうぼり》に出た。堀に沿い、更に歩いた。己の影が横に無様《ぶざま》に伸びている。いくつかの橋を通り過ぎた。

影が消え、辺りも薄暗くなってきた。店の灯が色を濃くしている。屋台の提灯《ちょうちん》が堀沿いに見える。

橋のほとり近くに切石があった。腰を下ろした。首筋に汗が流れていた。拭い、息を吐き、通る人を見回した。

行くところ、帰るところがあるのだろう。しっかりとした足取りをしている。

立ち上がり、とにかく歩き出した。

「いかがでございます？」田楽《でんがく》売りだった。無視した。

「美味しいですよ」白玉《しらたま》売りだった。無視した。

「遊びませんか」夜鷹《よたか》だった。無視した。

浜町河岸の外れに着いた。先は大川の河口である。中洲《なかす》しかない。

振り返った。暗い堀の水面に提灯の灯がちらちらと瞬いている。

涙が溢れて来た。どうして、こんなことになってしまったのだ。

二十三年前に戻りたかった。あの日に戻れたら。

膝を折り、地に突き、拳《こぶし》で叩いた。涙が後から後から溢れ、頬《ほお》を濡らした。

四

「親分、大変《てぇへん》だ。才槌長屋が、お侍で溢れ返ってますぜ」

三亀松が節句屋に飛び込んで来た。

「何かあったのか」

三亀松は、明日の節句屋の仕事のことで市助へ駒からの言付《ことづ》けを伝えに行ったのだった。

「源兵衛さんを探したんですが、常三郎の奴が、親分を呼んで来ておくんなさい、と言うもんで」

「それで、何も訊かずに帰って来たのか」

「お前さん」駒が峰蔵に言った。

「分かってる。行って来るぜ」

峰蔵は文治と三亀松を従えて、才槌長屋へと急いだ。

横町に出、裏通りに折れ、路地を入れば才槌長屋だった。目と鼻の先である。

長屋の入り口にまで人が溢れていた。

「ご免《めん》なさいよ」峰蔵は見物の衆を掻き分けて、前に出た。

笹岡小平太の借店の中を、源兵衛が覗き込んでいた。その向こうで、銀次郎が侍に胸倉を摑まれ、長屋の板壁に押し付けられている。

「差配《さはい》さん、何があったんで……」源兵衛に声を掛けた。

「これは、よいところへ。大変なんですよ。笹岡様が……」

「其の方、何者だ？」中から眉に斬り傷のある侍が出て来て、峰蔵を睨《にら》み付けた。

「八丁堀同心・溝尻賢司郎様から手札をいただいております峰蔵と申します」

「岡《おか》っ引《ぴき》か。用はない。帰れ」

「ここは堅気《かたぎ》の衆の住む裏店で、まだ年端もいかねえ子供らもおります」

奥の戸が開き、子供らの頭が四つ並んでいるのが見えた。市助と宮が、入るように襟首《えりくび》を引いている。

「出来ましたら穏便に願いたいのでございますが」

「岡崎領太郎はどこだ？　それさえ分かれば、ここに用はない」

「岡崎？」

「笹岡と名乗っていた浪人だ」眉毛が言った。

「笹岡様は、本当は岡崎って名なんだそうです」銀次郎が侍の手を振り解きながら言った。

「こちらのお武家様方は、越前国……」

「余計なことを申すな」侍が銀次郎の背を小突いた。

「ここで待つと言ったんだな？」眉毛が銀次郎に訊いた。

「へい……」

「ならば、どこに行った？　逃げたのか」

「さあ……」

「どこに行ったか、知らぬか」眉毛が源兵衛に問うた。

「夕刻、お出掛けになり、そのままでございますが」ああ、と源兵衛が遠くを見るような目をして言った。「その時に笹岡様が仰しゃったのです。世話になりました、と。あのようなことを言われたのは、初めてでございます」

「逃げたのだ。おのれ」眉毛が入り口の柱を蹴《け》った。

峰蔵は、借店の土間に入って、店を見回した。文机《ふづくえ》の上に古びた位牌が五つと、紙包みと書き置きなのか、書状があった。紙包みも書状も開けられた跡がある。恐らく眉毛らが見たのだろう。

峰蔵は借店に上がり、紙包みと書状を見た。紙包みには一両の金が入っていた。書状を手に取った。この騒動を詫《わ》び、位牌を麻布の真然寺に預けてくれるようにと書いてあった。

土間の外で言い合いが始まっていた。銀次郎と眉毛である。

「どうなさいました？」

「返せ。おらぬのだから、金を返せ」眉毛が、銀次郎の懐に手を伸ばした。銀次郎は腹を抱えて、必死に眉毛の手から逃れようとしている。

「銀次郎、どういうことだ。金とは何だ？　てめえ、金で笹岡様を売ったのか」

「そうだ。そうだけど、そうじゃねえ」銀次郎が唾《つば》を撒き散らすようにして言った。

「詳しく話してみろ」峰蔵が言った。

銀次郎が空店に潜《ひそ》んだところから順を追って話した。

「笹岡様に言われたんだ。笹岡様の居所を教えれば、金が貰える。それで、命を長らえろ、と……」

「言われた通りにしたんだな？」

「旦那に言ったんです。二人で逃げようって。そしたら、『出来ぬ』と、『私は、これ以上生きるに値しない者なのだ』と仰しゃったんです。それで、迷ったけど……」

「そこまで言って、また逃げたのか」眉毛が喚《わめ》いた。

「お武家様、銀次郎がいただいた金子《きんす》でございますが、このままご放念いただくのがよろしいかと存じます」

「ならぬ。岡崎がおらぬのに、何ゆえ金だけ渡さねばならぬのだ」

「銀次郎、このお武家様は、越前国の御方って話だが、何という御家か知っているか」

「へい。敦賀の酒井様で」

「皆、聞いたか」峰蔵が長屋の衆に言った。

「聞いた」声があちこちから戻って来た。

「聞いたが、誰にも言わねえし、直《す》ぐに忘れちまうよな？」

「頭ぁよくないからね」勘当息子の吉太郎の声だった。

「俺には関係のねえこったからな」又八の声だった。

「どうです？　御家の名を出されるよりは、だんまり料ってことで」

「取り引きは好まぬ」

「取り引きではござんせん。お願いでございやす」

眉毛は、峰蔵から長屋の者に順に目を移すと、ちっと舌を鳴らし、

「その代わり」と言った。「時折この長屋を見に来るぞ。よいな？」

「店賃をいただいているのは、今月分までですので、月が明けたら別の店子を入

れますが、それまでならば」源兵衛が答えた。

眉毛が長屋の木戸門を蹴り、憤然《ふんぜん》として帰って行った。侍どもが後に続いた。

文治と三亀松が、ふうと息を吐き出した。

「やれやれだね」と吉太郎が言った。「それにしても、笹岡様、今頃どうしているのかねぇ」

「飲んでいなさるよ」源兵衛が言った。

「大家さん、ご存じで？」銀次郎が訊いた。

「場所は知らないけどね」

「お多福ですよ」

「何だ。知ってたのか」峰蔵が訊いた。

「ここかお多福で奴らを待つ、と仰しゃってたので」

「見て来い」峰蔵が、文治と三亀松に言った。「いたら、文治は動かねえように言い、三亀松は知らせに来い」

駆け出して行く二人の後ろ姿を見ながら、源兵衛が言った。

「いないでしょうけどね」

「あっしも、そう思います」

「本気で待つなら、ここやお多福は外しますよ」

誰も巻き込まぬよう、柳原の土手でも選ぶだろう。

「よく言わなかったな」思い付いたように、峰蔵が銀次郎に言った。

「あっしは岡崎なんて方は知りません。笹岡様なら知ってますけどね。岡崎という名の時に何をしようと、どうでもいいことで。それに、金はもう貰っちまいましたからね」

「これに懲《こ》りて、博打は止めるんだな」峰蔵が言った。

「ご意見、ありがたく頂戴いたしやすが、何だかあっしに目が向いて来たような感じがするんですよ」

「二度と救いの手はねえぞ」

「ご心配なく、あっしもここを出ますんで」

「それは困るよ」源兵衛が言った。「桶やら何やら笹岡様は細々《こまごま》と残していかれたんだ。取りに来ないとは限らないからね、店賃を貰っている間は借店に置いておくが、その先はお前さんが預かっておいとくれ」

「そんな……」

「ということだ。てめえが真っ正直なもんになるまで見届けてやるからな、覚悟しとけよ」

「…………」

「よかったね」と吉太郎が銀次郎に言った。

文治と三亀松が戻って来た。訊くより早く、文治が手を横に振って見せた。やはり、いないのだ。

「親分」

と源兵衛が峰蔵に目配せをし、先に立って笹岡の借店に入った。峰蔵が中に入ると、源兵衛は位牌を手に取っていた。

「誰のだろうね？」

黒ずんでいる。目を凝《こ》らして見たが、文字は薄れてしまっており、読めなかった。

後日、峰蔵と源兵衛が、位牌を真然寺に預けようと、店請け人である和尚を訪ねたが、既《すで》に泉下《せんか》の人となっていた。当代に訊いても、どうして笹岡小平太の店請け人になったのかは分からなかった。

第四話　夕日

一

彦斎谷村栄之介《ひこさいたにむらえいのすけ》は、行灯《あんどん》の明かりを頼りに、竹筒に湯冷《ゆざ》ましを注ぎ入れた。手許《てもと》が狂い、袴《はかま》と土間をしたたかに濡《ぬ》らしたが、いずれは乾く。気にすることではなかった。

彦斎は才槌《さいづち》長屋の奥に店《たな》を借りて二年になる。それ以前は根岸《ねぎし》に寮を借りていた。身の回りの世話をする下僕《げぼく》が一人居り、それはそれで面白い明け暮れだった。比べると、長屋は狭く、騒々しく、汚くもあったが、一月《ひとつき》も暮らしてみると、かえってそれが心地よかった。

家督を継いだ倅《せがれ》からは、屋敷に戻るようにと何度か言われたが、身体が動くうちは、と断っている。倅も父親には遠慮があるのか、それ以上のことは言っては来ない。好きな時に、好きなところへ行く。この楽しみを奪われて堪《たま》るか、という思いが、彦斎にはあった。

框《かまち》に腰掛け、杖《つえ》に顎《あご》を乗せて目を閉じていると、明け六ツ（午前六時）の鐘が鳴った。

月番の多兵衛の借店の戸が開いた。刻限通りである。今月の月番は銀次郎だったが、多兵衛が金二百文《もん》で代わったのである。彦斎は立ち上がると、菅笠《すげがさ》に手を掛け、腰高障子《こしだかしょうじ》を開けた。薄暗い。掌《てのひら》の筋が仄見《ほのみ》える明るさである。

本来ならば、もそっと早くに長屋を出たかったのだが、隠居の身で働いている者に勝手を言いたくはなかった。

向かいの子供らの借店の戸が開き、宮が顔を覗《のぞ》かせた。彦斎に気付くと、手を膝許《ひざもと》に当て、頭を下げた。

「おはようございます」

「おはよう」

「お出掛けでございますか。お気を付けて」と言って、にっこり笑った。

気持ちのよい娘だった。倅の嫁が死んでくれたら、宮をどこぞの養女にし、後添《のちぞい》に貰《もら》い受けたいものよ。口の中でぶつぶつ言っていると、木戸門にいた多兵衛が、羽織に手甲《てっこう》、裁着袴《たっつけばかま》という彦斎の出立《いでた》ちを見て、

「私は、半刻（約一時間）前くらいから起きておりますので、どうぞご遠慮なさらずに、木戸を開けろと仰《おっ》しゃってくださいまし」彦斎が恐縮する程、腰を折って見せた。

「ありがとう。次はそうさせてもらいますよ」

「今日は、どちらまで？」

甲州街道《こうしゅうかいどう》を府中《ふちゅう》まで行き、六所大明神《ろくしょだいみょうじん》に詣《もう》でるつもりだった。

六所大明神は、武蔵国《むさしのくに》の主な神社六所を合祀《ごうし》した宮で、多くの参詣者を集めていた。

「それはまた遠くまで……」多兵衛が彦斎の足拵《あしごしら》えを見た。

府中までは七里二十三町（約三十キロメートル）ある。これを往復するのである。遠歩きに馴《な》れているとはいえ、遠い。彦斎は五十八歳を数えていた。

寮にいた頃ならば、一泊か二泊、興に任せて宿を取ったものだが、長屋に来てからはその日のうちに帰るようにしていた。懐《ふところ》が寂しいからだった。だからこそ、寮ではなく長屋に住んでいるのだ。

「今年の夏は涼しいので、歩かれるにはよろしゅうございますね」

「そうだな」

「甲州街道を歩かれたことは？」

「今回が初めてだが」

「昼飯《ひる》のご用意は？」

「途中で求めるつもりでいる」

「では、申し上げますが、あそこは内藤新宿《ないとうしんじゆく》を出ますと、途中街道には碌《ろく》な食べ物がございません。甲府勤番《こうふきんばん》のお武家様か、六所大明神へお参りする人がお通りになるくらいなので、商いが盛んにならないのですね。ですから、追分《おいわけ》近くで握り飯などをご用意なさった方がよろしかろうと存じます」

多兵衛は江戸市中で買い叩《たた》いた古椀《ふるわん》を近郊で売り歩くのを生業《なりわい》にしているので、街道筋にはやたらと詳しかった。

「茶屋も、小ぎれいなところは少のうございますが、いい茶屋が一軒出来ました。布田《ふだ》の先の上飛《かみとび》田給《たきゆう》というところです。探す手間はございません。《蛙《かえる》の卵》と書かれた幟《のぼり》が出ておりますので、歩いていれば分かります。蛙の卵というのは寄せ物の菓子のことでございます。心太《ところてん》を太くしたようなもので、ほんのりと甘く冷たい水に晒《さら》して出してくれるのですが、これがもう極楽の味なんでございます。疲れなんてすっ飛びますですよ」

蛙の卵では興は湧《わ》かなかったが、親切で言ってくれたのである。

「大変役に立ちました」彦斎は礼を言い、蛙の卵にも言及した。「気が付いたら食べてみましょう」

「見逃されるはずがございません。ご隠居様が、後で何と仰しゃるか楽しみにしております」

多兵衛は嬉《うれ》しそうに笑いながら、彦斎が横町を曲がるまで見送っている。これが町屋の者なのだな。彦斎は振り向いて、手を振った。多兵衛は、一瞬戸惑ったようだが、おずおずと手を挙げた。

彦斎と多兵衛はいくつも年が違う訳ではなかった。彦斎が僅《わず》かに三つ年上であるに過ぎない。つまりは、同じような歳月をほとんど同じ江戸で過ごしていたことになる。

なのに、と彦斎は新シ橋を渡って西に折れ、神田川沿いの道を歩きながら思う。私は、隠居と呼ばれ、額に不足はあるが、倅から渡される金で町屋暮らしを楽しんでいる。多兵衛は、どうだ。

以前、古椀買いという商いに興味を抱いて尋《たず》ねたところ、先のない仕事だと言っていた。

──商いの見通しは、七ツ半（午後五時）というところでしょうか。これから暗くなる一方で、多分、夜は明けないでしょう。

多兵衛は独《ひと》り身である。病を得るなどして、店賃の工面が付かなくなった時はどうするのか。軽業《かるわざ》で見た綱渡りのような危うさではないか。にも拘《かかわ》らず、平気な顔をして生きている。何と強いことか。

あのしたたかさは、学ぶべきものがあるな。うん、と頷《うなず》いているうちに、随分《ずいぶん》と明るくなって来た。少し、急ぐか。彦斎は杖《つえ》をぐいと突いて、足を大きく踏み出した。

大木戸を抜け、内藤新宿に掛かったところで朝五ツ（午前八時）の鐘が聞こえた。一刻（約二時間）で来たことになる。

彦斎は満足して、竹筒の湯冷ましを一口飲んだ。内藤新宿は下町、仲町、上町の順で並んでおり、上町で道が二股に分かれている。追分である。右が青梅《おうめ》街道、左が甲州街道。彦斎は、多兵衛が教えてくれたように、追分近くの飯屋で握り飯を用意してもらい、街道に分け入った。

木が鬱蒼《うっそう》と茂り、葉が空を覆《おお》い隠していた。陰気な道が続いている。

このような道には青大将《あおだいしょう》が出るものである。杖を持って来てよかった。いざという時は、杖で引っ掛け、藪《やぶ》に放り込むのである。彦斎は、蛇《へび》が嫌いであった。僅か一、二寸の蛇でも、くねくねと蛇行して這《は》うのが気に入らなかった。

葉陰の道を歩くこと一刻余で、下高井戸《しもたかいど》に着いた。草鞋《わらじ》を買い替え、十一町（約一・二キロメートル）程行くと、上高井戸に出た。まだ昼餉《ひるげ》には早い。多兵衛が言っていた布田の先の上飛田給の茶屋で握り飯を食べることにし、何の変哲もない、生い茂る木の葉を見上げるだけの、歩くには詰まらない道をひたすら歩いた。

布田には昼過ぎに着いた。

布田は、国領《こくりよう》、下布田、上布田、下石原《しもいしわら》、上石原の五ヶ宿から出来ている宿で、正確に言うなら、最初の宿である国領に昼過ぎに着いたことになる。団子《だんご》を焼くよいにおいがしたが、多兵衛の言う極楽の味のために我慢をして、先を急いだ。

五ヶ宿を抜けると、間もなく上飛田給である。街道際の茶店を探した。竹竿《たけざお》の先に煮染《にし》めたような幟を掲げた茶屋風体の店があった。幟には、《かえるのたまご》と書かれていた。

これか。

る。多兵衛は、店開きをしたばかりのようなことを言っていたが、相当に古びてい
る。居抜きで始めたのかも知れない。幟にしても、行李《こうり》の底から古切《ふるぎ》れを引っ張
り出して書いたと考えれば、頷けないことはない。
蛙の卵を商っている茶屋は他には見受けられなかった。店先にある長床几《ながしょうぎ》に
腰を下ろし、頼んでみた。
「へえい」間延びした声が返って来た。汗を拭いながら少しの間待っていると、
黒蜜《くろみつ》を溶かしたのだろうか、薄く濁《にご》った水の張られた小鉢が出て来た。底に、心《ところ》
太《てん》を太くしたような紐状《ひもじょう》のものが沈んでいる。これで、紐の中に卵様のもので
もあれば、確かに蛙の卵である。
僅かに腰が引けそうになったが、咽喉《のど》が乾いていた。
濁った水を啜《すす》った。冷たく、ほんのりと甘く、甘露《かんろ》である。竹串《たけぐし》で紐を千切《ちぎ》
り、口につるりと入れた。溶けた。残りの半分を食べた。滑るように咽喉を通り
過ぎた。美味《うま》い。極楽の味か。多兵衛に言ってやらねば。直《す》ぐにもお代わりをし
たかったが、その前に握り飯を使わせてもらうことにした。竹の皮に、握り飯が
四つ包まれていた。彦斎は二つ食べ、再び蛙の卵を頼んだ。
「お気に入られましたですか」店の主《あるじ》なのだろう、七十近い老爺《ろうや》に問われたの

で、多兵衛の言葉を伝えた。

「ありがたいことでございます」

褒《ほ》めた手前もあった。彦斎は蛙の卵を都合三鉢食べ、過分な心付けを置き、府中に向かった。

下腹がちくっとしたのは、歩き始めて間もなくのことだった。

食べ過ぎたか。気付いた時には遅かった。猛烈な差込みに襲われ、身動きが出来なくなった。脂汗《あぶらあせ》を浮かべ、杖に縋《すが》った。

後一里（約三・九キロメートル）余で、目指す府中である。ここまで来て、何ということだ。

藪に入って用を足そうかとも考えたが、草の丈は高く、灌木《かんぼく》も茂っている。尻《しり》をちくちくと草の茎やら木の枝が刺しそうであるし、蛇もいそうな具合だ。もそっと開けたところはないのか。辺《あた》りを見回したが、ない。

参った……。

街道の前後を見渡した。旅人らしい姿はない。さすれば、ここでいたすか。

しかし、今は人通りがなくとも街道である。誰か来ぬとも限らない。

腹を押さえた。力を入れると漏《も》れそうである。

先程の茶屋まで戻り、後架《こうか》を借りればよい……。

途中で、どうしても保《も》たぬ時には、街道でいたすことにし、とにかく戻ってみよう。

そろりと引き返すことにした。腹がぎゅるぎゅると鳴り始めた。下半身に力が入らない。

それでもどうにか堪《こら》えて、上飛田給の茶屋に辿《たど》り着いた。

「どうなさいました？」老爺が、飛び出して来た。

「後架を貸してくれ」

「そんなものは、ねえですが」

「厠《かわや》だぞ。雪隠《せっちん》のことだぞ。ないのか」

「ございません」

「では、どこで用を足しているのだ？」

「裏でやってます」

「裏を貸してくれ」

「それは、構わねえですよ」

茶屋に入り、裏に抜けた。裏は十坪程、草と木が伐《き》り払われていた。物干しがあり、洗い物が干してあった。他には、小屋も何もない。

「どこでいたすのだ？」腹が鳴り、大きな音を立てた。

「何かに、中《あた》ったのですか」老爺が訊《き》いた。答えている余裕はない。尋ねた。

「主。其《そ》の方《ほう》は、いつもどこでいたしておるのだ？」

「あの木陰に、鍬《くわ》で穴掘って。犬のように」老爺が裏戸脇に立て掛けてある鍬を指でさした。

「借りるぞ」

彦斎は鍬を持ち、教えられた木陰に行き、簡単な穴を掘り、ようやくの思いで用を足した。

水に中《あた》ったのだ。間違いない。とすれば、蛙の卵である。甘露、甘露、と言いながら、三鉢分飲んでしまった。

「済まぬが、少し休ませてくれ」

茶屋の奥にある板の間で横にならせてもらった。

「熱い湯でもお持ちいたしますか」

湯なら中ることはないだろうが、水気は取りたくなかった。

「今はいらぬ。少しの間、腹を干そうと思うのでな」

「左様でございますか」老爺が表の方に出て行った。

彦斎は目を閉じ、これからどうするか、を考えた。府中までは一里余だが、無理に行ったとしても六所大明神に参ることなど出来ぬであろう。ならば、腹をいたわりながら、そろりと帰るか。

四半刻（約三十分）程休み、老爺の茶屋を出た。

布田五ヶ宿で後架を借りながら、入間《いるま》を抜け、給田《きゆうでん》を通り、烏山《からすやま》を過ぎ、上高井戸に着いた。八ツ半（午後三時）になっていた。しかし、内藤新宿に七ツ半（午後五時）過ぎには着ける目処《めど》が立った。

ほっとしていると、また腹が差し込んで来た。大きな音を立てて、鳴っている。

後架を借り、少し休み、下高井戸に向かった。

下高井戸、和泉《いずみ》、代田《だいた》と何とか無事に過ぎたのだが、幡《はた》ヶ谷《や》で再び腹が激しく痛くなった。冷たい脂汗が額《ひたい》から流れ落ちた。

小さな茶屋を見付け、よろよろと近付いて行くと、茶を持って出て来た老婆《ろうば》が、どうしたのかと訊いた。

水に中ったことを話すと、奥で横になれと言う。老婆の言葉に甘え、後架で腹のものを絞《しぼ》り出してから、奥の板の間に身体を横たえた。

熱が出て来たのか、悪寒《おかん》がしたが、とろとろとしていると、二人連れの男の客が来た。茶を頼んでいる。

「済みませんが、先にお代を」老婆が客に言っている。

「何だよ、逃げやしねえぜ」

「ちょいと家まで行って来たいものですから、戻る前にお発《た》ちになられると、何と申しますか……」

「そう言うことかい」ほらよ。小銭を受け取ったのだろう。老婆が礼を言い、遠《とお》退《の》いて行く足音がした。

笑い声に交じって茶を啜《すす》る音が途切れると、男の声がした。

「頭《かしら》は、いつ江戸に？」

「三日後だ」

「ぎりぎりなんですね」

「押し込んだら、またおさらばよ。これが一番だからな」

「違えねえや。血を見るんですかい？」

「その時は、その時よ」

何の話だ？　男どもの言葉を拾い上げた。頭と言っていた。押し込むとも、血、とも言っていた。盗賊か。腹が鳴った。彦斎は慌《あわ》てて腹を押さえた。聞かれたら、裏で休んでいると知れてしまう。

「分け前は、たんまりあるんでしょうね」

「今回のは、沼田《ぬまた》の人が持ち込んで来た話だぜ」

「それを聞いて安心しました」

「蔵には金が唸《うな》っていると評判のお店だそうだ」

間違いない。盗賊の一味なのだ。どうしたらよいのだ？

彦斎は、脂汗を浮かべながら考えた。

「おい、婆《ばあ》さんが帰って来るぜ」片方が声を潜《ひそ》めた。

「行きますか」

「おう」

男どもが出て行った。

跡を尾《つ》け、男どもがどこに行くのか、調べなければ。このまま見過ごしたのでは、難儀する者が出てしまう。彦斎は、老婆にたっぷりと心付けをはずむと、杖に縋るようにして茶屋を出た。

男どもは、お店者の身形《みなり》をしていた。二人の後ろ姿を目に焼き付けた。

二

内藤新宿を通り、大木戸に差し掛かったところで、暮れ六ツ（午後六時）の鐘が鳴った。街道沿いのお店が戸を立て始めている。道が暗く沈んでいく。

どこまで行く気だ。いい加減にしてくれ。

彦斎は男どもの背に、悪態を吐《つ》いた。腹は限界に来ている。これ以上歩き続けるのは、ご免被《めんこうむ》りたい。

次第に間合いが開いていくのが気になりはしたが、足が前に出なくなっていた。

塩町《しおちょう》を通り、忍町《おしちょう》を越え、四ッ谷伝馬町《てんまちょう》の新三丁目に入った。男の片割れが、横町を過ぎる度《たび》に町並みを覗いている。横町には、夜遅くまで酒や飯を供する安価な店がぽつりぽつりとあり、それを目印にしているのだろうか。

何を探しているのかは分からなかったが、どこかに行き着こうとしていることは確かだった。

彦斎は残っている力を振り絞って足を急がせた。

新一丁目の横町で、二人が南に折れた。彦斎も、つんのめるようにして角を曲がった。

旅籠《はたご》があった。まだ表戸が開いている。男どもが暖簾《のれん》を潜った。

ここか。

ほっとした途端、腹が猛烈に差し込んで来た。

おおっ、と思わず声に出し、腹を押さえた。脂汗は額から頰《ほお》を伝い、滴《したた》り落ちている。

旅籠を見た。暖簾の文字は《甲州屋》と読めた。

取り敢《あ》えず、後架を借りよう。

杖に縋って土間に入ると、足を濯《すす》いでいた男どもが顔を上げて、彦斎を見た。

誰だ？　訝《いぶか》るような色合いが顔に浮かんでいる。

膝《ひざ》を送って来た番頭が、口を開こうとした時、彦斎の腹が大きく鳴った。男どもも、顔を見合わせている。

「済まぬ」と番頭に言った。「水に中ってな。後架を貸してくれぬか。宿も空《あ》いていたら、泊めてもらいたいのだが、まず後架だ。どこだ？」

男どもの足を濯いでいた女が、内暖簾の奥を指さした。

「借りるぞ」

後架に駆け込んだ。柱の掛行灯《かけあんどん》の灯を見上げていると涙が零《こぼ》れた。


玄関の土間に戻ると、男どもの姿は既《すで》になかった。

彦斎は番頭に、直ぐ戻るからと言い置いて、旅籠を出、新一丁目の自身番《じしんばん》に飛び込んだ。

「何か？」

驚いている夜番の者に、御上の御用である、と大仰《おおぎょう》に言い、茶屋で聞いた話を書状に認《したた》めた。届ける先は、柳原の峰蔵にした。

「よいな。このこと、構えて他言は無用だぞ」

夜道を走ることになった店番に駄賃《だちん》を与え、彦斎は旅籠に戻った。部屋に案内される途中、例の男どもが部屋でくつろいでいるのが見えた。彦斎の部屋からは二部屋離れている。

汗が背中まで抜けていた。着替えを借り、横になり、宿の者に掻巻《かいまき》を二重に掛けてもらったが、寒気が抜けなかった。熱が高いのだろう。額に乗せた絞《しぼ》り手《て》拭《ぬぐい》が瞬《また》く間に熱くなった。

近くの町医者が来て、煎《せん》じ薬《ぐすり》を置いていったらしい。彦斎は夢見心地であった。

暫《しばら》く眠っていたのだろうか、気が付くと、枕許に峰蔵と嶋がいた。

「お加減が悪いと御文《おふみ》にありましたので、お役に立てばと思い、連れて参じました」

「日当が貰えるんですよ。追い返さないでくださいましね」嶋が、本気か嘘《うそ》か、真顔で言った。

「それで、肝心の二人のことですが」峰蔵が彦斎の口許に耳を寄せた。

「あれ以上のことは分からぬが、男どもは二部屋向こうに泊まっている」

「背丈《せたけ》や人相を教えておくんなさい」

彦斎が言うことを、峰蔵は懐から取り出した帳面に書き付けた。

「話に出ていた沼田の人ってのは、沼田の伊佐吉《いさきち》って大工上がりの男でして、これがあちこちの悪《わる》にお店の間取り図を売りましてね。悪どもはそれを見て、押し込みをするんですよ。とにかく、ご隠居様のお手柄でございます」

「捕まえてくださいよ」

「任せてください。では、あっしはこれで」峰蔵が居住まいを正した。

「見張りは、よいのか」

「今夜は動かないと思いますが、ここにいたのでは後手に回ってしまいやすので、外で見張ります。後のことは、お嶋にお申し付けください」

峰蔵が去ると、嶋が彦斎の額から手拭を取り、掌を当てた。冷たい手をしていた。

また眠ってしまったらしい。目覚めると、部屋の中がひどく薄暗い。

熱が下がり切っていないのだろう。まだ寒気が感じられる。

嶋は、どうしたのか。横を見た。布団が並んで敷かれており、嶋は半ば口《なか》を開け、軽い寝息を立てていた。隅《すみ》の行灯を仰《あお》いだ。框《わく》に、嶋の着物が掛けてあった。着物の染め柄を灯りが透かし、影に色を付けている。部屋が婀娜《あだ》っぽかった。着物から微《かす》かに嶋のにおいが立ちのぼっている。

嶋の寝顔に目を戻した。若い女の寝顔を間近で見るのは、久し振りのことだった。

見詰めていると、睫《まつげ》が震えるように動き、眉根《まゆね》に皺《しわ》が寄った。夢でも見ているのか。暫くすると、眉根の皺は消えたが、足許が動いた。

何だ？　彦斎は頭をもたげて、嶋の足許を見た。影の中で薄い掻巻の裾《すそ》がひょこと持ち上がった。痙攣《けいれん》に近いものなのだろう、と彦斎は思った。二度ばかり持ち上がると、嶋が小さな鼾《いびき》を掻《か》き始めた。掻巻の胸の辺りが、規則正しく盛り上がり、沈んでいる。

彦斎は掻巻を襟許《えりもと》まで引き上げ、目を閉じ、嶋の鼾に呼吸を合わせて眠ることにした。しかし、鼾は次第に大きくなって来ていた。

いささか、うるさい。どうしたものか。掻巻の袖《そで》でも叩いて、起こすか。鼾が止《や》めばよし、嶋が目を覚ましてしまった時は、即座に寝ている振りをすればよいだろう。彦斎が手を伸ばそうとすると、先回りをするかのように、嶋が、はっと目を開けた。

「何か、仰しゃいましたか」

「いや」

「……あたし、鼾を掻きました？」

「少しな」

「いやだ。恥ずかしい。まさか、寝言は言いませんよね」

「言わなんだが、足が動いていた」

「ご覧になったんですか」

「癖《くせ》なのか」

「よくおっかさんに言われました。大人になる前に直せって」

「ご息災《そくさい》か」

「おっかさんですか。もう亡くなりました。九年になりますかね。十四の時でしたから」

「父上は？」

「物心がついた時には、いませんでした」

「済まぬ、余計なことを訊いた……」

「別に、何とも思っちゃおりませんよ」

「そうか……」

「苦労したんだろう、なんて思わないでくださいね。誰でも多かれ少なかれ苦労していいるんですから」

「そのようだな……」長屋の店子らを思い描いた。苦労らしい苦労をしていないのは、己《おのれ》くらいに思えた。吉太郎にしても、勘当《かんどう》に至るにはそれ相応の思いや苦労があったに違いない。

「ご隠居様のご本宅って、立派なんでしょう?」

「まあ、そうだ」

「どうして才槌長屋にいらっしゃるんですか?」

「気楽だから、かな」

「ご本宅でのお暮らしって、あたしには分からないけど、窮屈なんですか」

「そうだな。少し息苦しい」

「…………」

「侍などというものは、まこと、井の中の蛙《かわず》のようなものよ。才槌長屋に住まうようになって初めて、私は、私が生きて来たところが、いかに狭苦しいものであったかを知った……」

「そうだ」と嶋が、夜中には不似合いな弾《はず》んだ声を上げた。「ご隠居様、お城に出入りしていたんですよね」

「うむ。登城していたが」

「公方《くぼう》様にお会いしたこと、ございます?」

「それは、あるが」

「ご隠居様、偉かったんだ」

「偉くはないが、役目柄な」

彦斎は、納戸頭《なんどがしら》配下の納戸衆であった。家禄《かろく》三百石《こく》。職禄二百俵《ぴょう》。先代が就《つ》いた御役であった。彦斎は、それを守り抜いた。

「どのようなお顔をされているのです？　例えば、おでこの辺りは大家さんに似てるとか、頰《ほお》の辺りは峰蔵親分とか」

「御尊顔を拝したことはないのだ。見えたのは、袴の裾と足袋《たび》くらいなものかな」

「何だ」

「仕方あるまい。畳か床に額を擦《こす》り付けていたのだから」

「それでも偉い」

彦斎が笑みを浮かべると、嶋が小さく笑った。好ましい笑い声に釣《つ》られ、嶋を見た。その途端、寒気に襲われ、首を竦《すく》めた。

嶋に問われ、寒いのだ、と答えた。

嶋が起き上がった。襦袢《じゅばん》の前を合わせると、箱枕を手にして、彦斎の寝床に移って来た。

「何とした？」

「しっ」と嶋が、己の唇に指を当てた。

嶋は、箱枕を並べて置くと、掻巻の中に身体を滑り込ませた。

「失礼いたします」

嶋の手が、彦斎の腹に伸びて来た。彦斎は身体を固めたまま、嶋の成すに任せた。嶋の掌《てのひら》が身体を這《は》い、腹に届いた。冷たかった先程の掌が嘘のように、温かな掌をしていた。搗《つ》き立ての餅《もち》のようでもあった。掌は、腹から丹田《たんでん》に下がり、そこに留まった。

「冷たいお腹をしていますね」

「気持ちがよい……」

腹が嶋の熱を吸い取っているような気がした。

「こんなに冷やして、水だけでなく、何か悪いものを召し上がったのではありませんか」

「蛙の卵だ……」

「えっ」嶋の身体が、掌を残して離れた。

「待て。勘違いいたすな」

どこから話そうかと考えているうちに、腹に痛みが奔《はし》った。

三

朝方、彦斎は寝床の熱さで目を覚ました。添い寝をしている嶋の身体の温《ぬく》もりが、息苦しい程に寝床を温めているのだ。

困ったな……。

思いはしたが、去らせるには惜しい。彦斎はそっと片足を外に出して冷すことにした。畳の冷たさが心地よかった。ふっと息を吐いているうちに、また眠ってしまった。

次に目を覚ましたのは、明け六ツの鐘を耳にした時であった。その時には、嶋は隣の布団に戻っていた。

せっかく釣った魚を取り逃がしたような気がしたが、贅沢《ぜいたく》は言えない。腹を摩《さす》ってみた。いつもの温もりを取り戻していた。

「お目覚めですか」嶋が訊いた。

「お蔭《かげ》でよく眠れた」

「よかった」嶋が笑みを浮かべた。遊里《ゆうり》で朝を迎えたような気がして、彦斎は戸惑った。

朝餉《あさげ》の粥《かゆ》を食べ、再び横になっていると、朝五ツ（午前八時）に峰蔵が来た。

「いかがでございますか」

峰蔵が来た目的は分かっている。二部屋向こうにいる男どもの様子を見に来たのだ。

昨夜は外出をせず、今朝もまだ動かないでいるらしい。

誰かからの知らせを待っているか、何月何日にどこそこに集まれ、という連絡を受けて来たのでしょう、と峰蔵が小声で言った。どこに押し込むか、お店が分からない以上、二人から目を離せません。向かいの煎餅屋《せんべいや》の二階に見張り所を借りやした。八丁堀の旦那と文治と三亀松が詰めているので、ご心配なく。

「様子を見に来るのに都合がよいので、今日も泊まっていただけたら、助かるのですが」

「私は構わぬが……」嶋を見た。

「あたしも。一人じゃ退屈だけど、ご隠居様と一緒なら」彦斎に言った。

「では、決まり、ということで」峰蔵が引き上げて行った。

宿の者に、嶋の口からまだ体調が優れないので、もう一晩厄介《やっかい》になると伝えさせ、廊下《ろうか》の障子を開けて休んでいると、男らが通り掛かった。

一人が彦斎を見て、足を止めた。

「大丈夫ですかい？」

「どうやら熱は引いたようなのだが、まだだるくての」

「ご無理は禁物《きんもつ》ですぜ。ゆっくりしなさることです」

「そうするつもりでおるのだが、寝ているのは詰まらぬわ。そなたらは、どこへ？」

「近間《ちかま》を見物しながら酒でも飲もうかと思いましてね」

片方の男が、行くぞ、と言って促《うなが》した。

「じゃ、ご免なすって」

嶋が頭を下げて応《こた》えた。

男たちが、廊下から消えた。

「どうしましょう？」嶋の顔が強《こわ》ばっている。「親分に知らせましょうか」

「そうだな」

出て行った嶋が、間もなくして戻って来た。

「見張っているから、出て来るなって、こんな目をして」と、両の目尻を指先で吊《つ》り上げながら言った。「悔しいから、さっさと宿を引き払っちまいましょうか」

「そうもいくまい。一旦引き受けたことは、守らねば」

「……ご隠居様の周りは、ちゃんと約束事を守る人たちばかりだったんでしょう
ね。あたしの周りとは、大違いですよ」

「約定《やくじょう》に背《そむ》くと気分が悪いであろう？」

「そりゃあね……」

「だから、守るのだ。気持ちよく過ごすためにな」

「………」

嶋が笑った。彦斎も微笑を返した。

嶋は立てた片膝に顎《あご》を乗せていたが、足の指に触ると、

「鋏《はさみ》を借りて来ますね」と言って帳場に向かった。

帳場の方から、嶋の話し声が聞こえて来た。何を話しているのかまでは分から
なかったが、彦斎と話す時よりも地の口調になっているような気がした。

嶋は、あぁ面白かった、と呟《つぶや》きながら戻ると、足の爪を切り始めた。

ぷちっと切り飛ばしては、一つ一つ指の腹で拾い集めている。間遠に続く爪を

切る音は、ひどく眠気を誘った。

後日、峰蔵から聞いたのだが——。

その頃、宿を出た二人の男は、四ッ谷御門外にある塩町二丁目の蕎麦屋《そばや》にいた。そこは湯屋横町の外れにある蕎麦屋で、旅の者が散策の傍《かたわ》らに入るような店ではなかった。男らは、入れ込みに上がり、衝立《ついたて》の陰に腰を下ろした。

その店に遅れて入って来た男を見て、同心の溝尻が、身を乗り出した。

男は盗賊・背腸《せわた》の祥兵衛《しょうべえ》の一味、曳舟《ひきふね》の升市《ますいち》であった。

升市が現れたとなれば、背腸の盗みに間違いなかった。大捕物である。

半刻程して出て来た一行は二手《ふたて》に分かれた。男二人は新一丁目の旅籠・甲州屋へ戻ると思われたので、三亀松が一人で尾《つ》け、升市には溝尻と峰蔵と文治が付いた。升市は神田川沿いの道を艮《うしとら》（北東）に進み、船河原町《ふながわらちょう》の煮売り酒屋《二《に》助《すけ》》に入った。そのまま一刻以上経《た》っても出て来ないところから、ここを一味の隠《かく》れ家《が》と断定し、見張り所を設けた。

背腸一味を捕えるには、手駒が不足していた。溝尻が奉行所に戻り、年番方与力《ねんばんかたよりき》に援軍を求め、峰蔵は捕物のいろはを叩き込んでくれた大親分・連雀町《れんじゃくちょう》の徳兵衛《とくべえ》に力添えを申し入れた。

新たな見張り所に、峰蔵と文治、徳兵衛、そして徳兵衛の手下の裕吉《ゆうきち》が、溝尻と同僚同心の佐伯《さえき》とともに入り、男どもの見張りには三亀松と、徳兵衛の手下の鶴七《つるしち》が付いた。

甲州屋に帰ってからの男らの振る舞いは、至極おとなしく穏《おだ》やかなものであった。帳場で借りた絵草子を、時折笑い声を上げて読むくらいなもので、翌日の昼近く宿を発《た》って行った。

彦斎と嶋は、二人を尾けて行った三亀松が戻るまで旅籠で待たされ、ようやく宿を引き払うことが出来た。

思わぬ出費である。彦斎は手持ちの金子《きんす》で足りるかとやきもきしていたのだが、払いは峰蔵が持ってくれていた。

「当ったり前《めえ》のことでございます」三亀松は、礼を言う彦斎を制して、駆け出して行った。行き先はどこへとも言わなかったが、新たな見張り所であることは、容易に察しが付いた。

彦斎と嶋は、ゆっくりと歩き始めた。神田川に沿って下ればよい。市《いち》ヶ谷《や》御門の外を通り、牛込《うしごめ》御門へと向かった。

これも後で聞いたことだが、船河原町の見張り所から、道を行く彦斎と嶋が見えたらしい。

「ご隠居様は生真面目《きまじめ》に歩き、嶋は右を見たり左を見たりしながら歩いてましてね。妙な取り合わせなんですが、似合っているんですよ。何と申し上げたらよいのでしょう。嫁《とつ》ぎ先から突っ返された出来の悪い娘と、厳しいけど心の底から娘を慈《いつく》しんでいる父親、とでも申しましょうか。そんな雰囲気がございましたですね」

そう言えば、と彦斎は、その時の心持ちを思い返した。しゃんと歩かんか、と言うとその場は直るのだが、数歩も歩かないうちにまた元に戻ってしまう嶋に辟易《へきえき》しながらも、気儘《きまま》にふらふらと歩いている嶋に、童女といるような面白みと安らぎを感じてもいた。

その日、嶋はもう茶屋には出ず、洗濯をするのだと言って、彦斎と長屋に戻った。

彦斎は少し横になることにした。

「ご隠居様のも、一緒にお洗いいたしますので、お出しください」

「いや、そこまで面倒は掛けられぬ。私がやる」

「ご遠慮は無用です。さあ、脱いで」

嶋は外を向いて框に座ると、手だけを背に回した。

彦斎は羽織、小袖に次いで、腰切りの襦袢を脱ぎ、嶋に手渡した。嶋は渡されたものを見ると、また手を背に回した。ほれほれ、と手首が上下している。

「ものはついで、でございます」

「何と言うか、汚れておるでな。とても頼めぬ」

「お気になさらずに。ご隠居様が、夜暗くなって一人で洗われるのかと思うと、その方が辛《つろ》うございますから」

「では、頼むか……」

「はい」

褌《ふんどし》を外し、丸めて渡した。

「済まぬな」

「お引き受け……」

嶋は振り向くと、掌に褌をのせたまま、彦斎に微笑《ほほえ》み掛けた。

「ご隠居様、せめて新しいのを締めてからお声を掛けてください」

彦斎は己が裸であるのに、ようやく気が付いた。

人の声で目が覚めた。腰高障子の隅が赤い。夕刻になっているらしい。

声の主は、三亀松と思われた。相手は吉太郎である。

どうして三亀松が吉太郎に用があるのだ。そんな暇はないだろうに。思っているところに、腰高障子に女の影が射した。女の手が伸び、戸がするっと開いた。

嶋だった。

「起きてます？」

「勿論《もちろん》だ」剣の心得があるでな、一町先で物音がしても目が覚めるのだ、と言い添えた。

「それだけ言えれば、もう大丈夫でございますね」

「そのようだ」彦斎は、改めて訊いた。「何か用かな？」

「粥《かゆ》でもお作りしようか、と思って参ったのですが」

「それは助かる。まだ、煮炊《にた》きは面倒でな」

「承知いたしました。どちらで作りましょうか」

嶋が、足許の畳と隣を指さした。彦斎の借店で作るか、隣の嶋の借店で作るかと訊いているらしい。

「人が料理をするところは、見ていて好ましいものだ。こちらで作ってもらおうか」

「では、そのように」

「一緒に食べないか」

「有難山《ありがたやま》の時鳥《ほととぎす》。あたしの分だけなんて、とても面倒で作る気がしないので、ご隠居様をだしに使ったんです」

喜んで、ご相伴《しょうばん》させていただきます。嶋は袂《たもと》から紐《ひも》を取り出して襷掛《たすきが》けをすると、水瓶《みずがめ》に入っていた汲《く》み置きの水を捨て、新たに水を汲んで来た。

「湯冷ましを作っておきますから、当分生水は飲まないようにしてくださいましね」

「うむ」

米櫃《こめびつ》から一掬《ひとすく》いの米を取り出すと、磨《と》いだり蠅帳《はいちょう》を覗いたり、小まめにくるくると動いている。嶋の姿を追っていると目が回りそうになった。彦斎は目を閉じた。

竈《かまど》に釜《かま》をのせ、焚《た》き付けを始めたらしい。動く気配が収まった。

嶋を見た。丸く屈《かが》めていた背を反《そ》らし、伸びをしながら、天窓から暮れなずむ空を見上げている。薄い煙が天窓に吸い込まれるように逃げて行く。

木戸口の方から子供の足音が聞こえて来た。三人くらいはいそうな足音だった。恐らく湯屋から帰って来たのだろう。

桶《おけ》の転がる音がした。落としたのだ。

「おっ」と言い、振り向いたのだろう、声が微《かす》かに遠くなった。「かっちけねえ。有難山の時鳥《ほととぎす》ってぇ奴で」

嶋が振り向いて彦斎を見て、歯を見せた。

彦斎も同じ顔を作って見せた。

やがて、粥が炊きあがり、嶋と膳を挟んで向かい合った。白粥に梅干しが添えられている。

向かいの子供らも食事を始めているのだろう。静かになっている。

梅干しの果肉を囓《かじ》り、白粥を啜った。

一日が終わり掛けていた。

四

三日が経った。

彦斎は足慣らしに外出《そとで》したついでに、節句屋を訪ねた。駒も手下たちも仕入れなどで出払っていたが、折よく峰蔵がいた。

町の噂《うわさ》で、嶋と粥を食べた翌日の夜更《よふ》けに、南北両奉行所の捕方が背腸の祥兵衛一味の隠れ家を襲い、一人残らずお縄にしたと聞いていた。捕方の中には何人かの怪我人《けが》が出たようだが、命に関わるような者はいなかったらしい。甲州屋の旅籠代の礼を言うのとともに、

「もしよかったら……」

一件の顚末《てんまつ》などを聞かせてもらおうと思い立ったのだ。

「それはそれは、わざわざどうも」

「年を取ると、どうも物見高くなってな。差し障《さわ》りのないところでよいのだが……」

「何を仰しゃいます。こちらからご報告に上がろうと思っていたのですが、何しろ捕えたのが一昨日《おとつい》の真夜中で、昨日は一日中御番所（奉行所）に呼び出されていたものですから、今日は朝っぱらから店の始末に追われてしまい、今やっと一息入れていたところでございますよ。ちょうどよいところに、ご隠居様がお見えになりました。まずは、お知らせするのが遅くなったことをお詫《わ》び申し上げげま

す」

　峰蔵は深く頭を下げると、甲州屋を出た男二人が船河原町の煮売り酒屋・二助に入ったところから話を始めた。

「二助を見張っていると、曳舟の升市という悪《わる》が出て来ました。直《ただ》ちに跡を尾けますと、市ヶ谷田町《たまち》一丁目にある小間物屋《小竹屋《こたけや》》の裏に回り、女中と裏木戸の外で何か言葉を交わしているじゃありませんか」

「その女も一味なのか」

「前以《まえもつ》てお店に住み込み、盗みの当日、中から戸を開いて一味を引き入れるのが役目です」

「油断ならぬの」

「それで、狙いは小竹屋だと分かったのですが、小竹屋ってのは」

　伽羅油《きやらあぶら》、歯磨粉《はみがきこ》などの他、紅白粉《べにおしろい》まで手広く扱っている大店である。特に《紅《くれない》　螢《ほたる》》という紅は人気の品で、丑紅《うしべに》の日には買い求める客がずらりと列を作る程であった。

「それだけでは、ございません。才槌長屋にいる吉太郎の実家なんでございますよ」

吉太郎を勘当したのは、実の父である先代の主・丹左衛門《にざえもん》だった。当代は、吉太郎の妹の婿《むこ》で、吉太郎が家にいた頃は手代だった者である。

「押し込みの日取りは、ご隠居様が耳になさった『頭《かしら》は、いつ江戸に？』『三日後だ』『ぎりぎりなんですね』という話通りに進んでいるとなると、背腸の江戸入りが一昨日で、押し込みは昨日ということになります。もう日取りに余裕はございません。賭《か》けでしたが、お店に人を入れることにいたしました」

「吉太郎を家に戻したのか」三亀松が長屋に来たのはそのためだったのだ。

「その通りで。あっしや手下どもでは面《つら》が割れてしまってますので、あっしの親分に当たる徳兵衛の手下の裕吉という、腕のいいのを付馬《つけうま》に仕立てまして、小竹屋に行かせたのです」

「吉太郎が、よく引き受けたな」

「『どうとでもおなり、と言いたいけれど、知っちまった以上、皆殺しの目に遭《あ》われたら寝覚めが悪いしね。仕方ない。やりますか』という具合でしたが、裕吉を引き合わせ、念入りに打ち合わせをしたという訳です」

「小竹屋には、何と？」

「そこでございますが、当然のことながら大騒動が起こった訳で」

峰蔵は茶を淹《い》れると、彦斎の前に置き、自らも咽喉を潤《うるお》して、再び話し始めた。

「吉太郎がお店の暖簾を潜る。前からいる者が立ち竦《すく》む。若旦那様。駆け寄る者もいれば、奥に走る者もいる。奥から当代と先代が出て来る。ここからです。『何を今更。もうお前は、他人なんだ』『金がないんだよ。くれないんなら、皆殺しにするよ。返さなければ、どのみちあたしゃ、この男どもに殺されるんだからね』指をさされた裕吉は、手近なものを蹴飛《けと》ばす。もう店の中は大騒ぎだったそうです」

「不謹慎を承知で言う。見たかった……」彦斎が小声で言った。

「ご隠居様、手下の前じゃ言えませんが、あっしもでございます」

目と目を見合わせ、茶を飲んだ後、峰蔵が続けた。

「店先では商いの邪魔。取り敢《あ》えず奥へ、ということになり、人払いをしたところで、裕吉が先代と当代に、実は、と背腸の一件を話した。口をあんぐり、とは、あの時のことだ、と裕吉が言っておりましたが、その驚きようはなかったそうです。そのまま、適当に騒ぎながら夜になった。金を出してくれるまでは、泊まらせてもらうぜ。吉太郎と離れに泊まる振りをして、女中を見張っていると、案の定夜更けてから裏木戸の猿《さる》を外している。そこで、裕吉が呼び子を吹き鳴らしたって寸法です」

「成程《なるほど》のう」

「裕吉が御番所で話したのはここまででございますが、先がございます」

住み込んでいた女を始め、背腸の一味が捕えられ、引き立てられて行く。それを見送っていた先代らが、吉太郎の手を握り締めたらしい。

その目に涙を見た途端、吉太郎の様子が変わった。

「昨夜《ゆんべ》は他人だと言ったね。それなら、礼金くらい寄越しなよ。その方が、後腐れなくてすっきりするだろ」

「兄さん」新造《しんぞ》が、叫んだ。

「うるさいね。何だい、母親そっくりになって来たね」

「若旦那様」と当代が言った。「心を入れ替えて、分家を立ててください。私どもで出来ることは、いくらでもお力添えさせていただきますから」

「よしとくれ、お前に若旦那なんて呼ばれると虫酸《むしず》が走るよ。小竹屋の身代《しんだい》を乗っ取っておいて、何だい」

「礼金をあげてください」と新造が当代に言った。「それで、出て行ってもらいましょう」

「分かりが早くていいや。で、いくらだい？　小竹屋さんに恥じない額だろうね」

新造は当代の手から金子《きんす》をむしり取ると、投げるようにして吉太郎に渡した。

吉太郎は、拝《おが》むようにして受け取ると、これで、と裕吉に言った。

「遊びに行かないかい。飛びっ切りの、こってりしたのが買えるよ」

「そんな、あっしは……」

裕吉は、いたたまれやせんでした、と後になって言っておりました。

「足りなきゃ、またここに来ればいいさ。あたしゃ、この家《や》の恩人なんだからね」

「二度と来るな」先代が拳《こぶし》を震わせながら吼《ほ》えるように言った。

「来ないどくれ」大御新造が泣き崩れたらしい。

「分かっているよ。じゃあね」

店の外へ出ると吉太郎が、これで何日流連《いっづけ》られるかね、と裕吉に真顔で訊いたと言う。

「先代が、やはり倅だ。いざとなれば駆け付けて、と思っていたようなんで、それに気付いた吉太郎が愛想尽かしさせようとしたんだろう。そう思っていたんですが、案外本気だったのかも知れませんね」

裕吉はそのように言っておりました、と峰蔵は溜息とともに口を閉じた。

節句屋を辞した足で長屋に帰ったものの、昼餉《ひるげ》を作る気にはなれなかった。彦斎は暫くぼんやりと長屋で過ごした後、近くの一膳飯屋で遅い昼餉を済ませた。食べ終えてから、粥に梅干しにすればよかったか、と思ったが遅かった。

飯屋を出た。

どこへ行くという当てもなく、柳原通りを歩いているうちに、浅草御門の前を通り、両国の広小路に出ていた。賑《にぎ》わいの中を行き、両国橋を渡った。

ここのどこかの茶屋で嶋が働いている。そう思うと、会いたくなった。見世物小屋の呼び込みや矢場からの嬌声《きようせい》の間を擦《す》り抜け、向両国の広小路を行くと、茶屋が並んでいた。

「ちと尋ねるが、茶屋に勤《つと》めている者で、嶋という女を知らぬか」茶屋女に訊いた。

「お嶋さん、ですか」女は奥に行くと朋輩《ほうばい》らしい女に訊いている。朋輩の女の指が、橋の方を指して、右に折れた。

「橋番所の近くに《ひがし》という茶屋があるけど、そこじゃないかって」女が奥の女を見ながら言った。

彦斎は二人に頭を下げ、来たところを戻り、東橋《ひがしばし》番所の方へと右に曲がった。

同じように茶屋が並んでいる。茶屋というのは、いくらでも商いが成り立つものなのか。ふむ、と感心しながら歩いていると、《ひがし》と書かれた葦簾《よしず》が見えた。

入り口に立ち、中を覗いた。茶を飲んでいる客の相手をしている女の中には、嶋はいなかった。葦簾の向こうにも、まだ席はあるようだった。そちらにいるのかも知れない。とにかく座って、休もうか。腰の刀を引き抜いていると、脇で女の気配がした。

「こちらに……」問おうとして、女を見た。女が笑った。嶋だった。

「探してしもうた」と彦斎は茶を頼みながら言った。

「何か、御用でも」

「ちゃんと礼を言ってなかったので、気にしていたのだ」

「そんな、よろしいのに」

「そうもいかぬわ……」

「でしたら、ご隠居様、おねだりしても」

「構わぬが」

「ならば、四百文ください」

彦斎は懐から紙入れを出し、金子を与えた。嶋は、それを茶屋の主らしい女に渡すと、一言二言何か言った。女が彦斎を見て頷いた。嶋が、戻って来た。

「他にも、二朱《しゅ》ばかり掛かりますがよろしいですか。もし、おいやなら、違うところに行きますが」

「任せよう」

「でしたら、ちょいと付いて来てください。こちらです」

嶋が先に立って歩き出した。広小路を横切るようにして尾上町《おのえちょう》に入って行く。料理屋に蕎麦に鮨《すし》といった、食べ物を商う店か、出合茶屋のような店が並んでいた。

嶋は、そのうちの一軒に入ると、出て来た男に二階の隅の方を指さした。

「どうぞ」男はちらと彦斎を見て、奥に消えた。

「ご隠居様、お上がりください」

嶋は、さっさと二階の階段に足を掛けている。彦斎も続いた。

開け放たれた障子から身を乗り出すと、右手に両国橋が見えるだけで、正面も左手も大川の川面《かわも》が広がっていた。羽織の袂が川風を孕《はら》み、膨《ふく》らんだ。

「これは絶景だな」

「でしょう。二朱は、このお座敷を借りる代金なんです。気持ちいいでしょう」

「そうだな」

「お酒、頼んでいいかしら?」

「これは気付かなんだ。頼むとよい」

嶋は、座敷を出ると階段を下り、帳場の者にでも注文を通したのか、戻って来た。

「こういうところはね」と嶋が言った。「逃げられないように、二階に通すの。湯に入ろうとしても、後架を借りようとしても、一階の端まで行かなきゃならないって訳」

「成程の」

「ご隠居様、このようなところへは?」

「一度もない」

白鳥徳利《はくちょうどくり》に入れられた酒と肴《さかな》が運ばれて来た。肴は、蒲鉾《かまぼこ》と浅蜊《あさり》の時雨煮《しぐれに》だった。

嶋は手酌《てじゃく》で一つ飲むと、思い付いたように、飲むかと訊いた。

「止めておこう」

そうだ、と嶋が白鳥徳利の首を摘まみながら言った。

「一度ご隠居様に聞きたかったんです。何で、あちこち歩き回っているのですか」

これという訳があってのことではなかったが、もう少し言葉を添えたかった。

「隣の町からは、どのような風景が見え、そこにはどのような人が住んでいるのか。それを知ろうとしているのかも知れぬな」

「分かると、どうなるんです？」

「どうもならぬ」

「それで、面白いんですか」

「まあな」

「ふうん……」

嶋は鼻先に皺を寄せるようにして笑うと、酒をまた猪口《ちょこ》に注いでいる。

「もう一つ」と嶋が言った。御旗本のご隠居様が、どうして長屋に住んでいるのか、それが分からないのです。

「有《あ》り体《てい》に言うと、金がないのだ。谷村の家は納戸衆でな、家禄は三百石、職禄は二百俵であった」

嶋が頷いた。

「私が隠居した頃は、そうだったのだ」

「………………」

「武家には軍役というものがある。三百石というと、侍二人、槍《やり》持ち一人、挟《はさみ》箱《ばこ》持ち一人など、計十人の者を家来として持たねばならぬ。それが決まりなのだ。その者どもの給金や己の暮らしの費《つい》えを合計すると、三百石ではかつかつとなる。それを補うのが職禄の二百俵だった。二百俵は、金子にすると六十四両になる。これがあるからこそ私は楽隠居を決め込み、根岸の寮に下男とともに住み暮らしていたのだ。付届《つけとどけ》もあったしな。ところが、家督を譲《ゆず》った倅が、大枚《たいまい》の賄《まいない》を受け取っていた納戸組頭に連座して、小普請支配となってしまった」

分かるか、と彦斎が訊いた。

「役職を追われたということは、職禄がなくなるのだ。六十四両が貰えなくなるのだな。それだけではない。付届もぱたりと止む。それで寮や下男の費えに回す金子が出なくなったので、私は長屋暮らしを余儀なくされた、という訳だ」

「戻れ、と言われないのですか」

「言われている。しかしな、私の父がようやくの思いで手に入れ、私が守り抜いた地位をなくしたのだ。倅の奴め、その負い目があるので強くは言えぬのだ」

「悪いお父上様ですね」

「まだ蓄《たくわ》えがある。あるうちは戻らぬ。蓄えを作ったのは私だからな、あとどれくらいあるか、よく知っている。倅は若い。若い時は、悩んだり、困り果てたりした方がよいのだ」

「悩む、で思い出した」

「何を、だ？」

「お金持ちは鰹《かつお》にするか、鯛《たい》にするかで悩み、貧乏人は目刺《めざ》しにするか、剝《む》き身《み》で我慢するかで悩む。すごく違うみたいだけど、結局は同じなんだって。みんな、毎日おまんまが食べられれば、悩むことなんか何もないんだよって」

「どなたが言われたのだ？」

「おっかさん」

「そうか。出来た方であったのだな」

「でも、子供心に思った。どうせ悩むなら鰹か、鯛で悩みたかったって」

「そうだな」

「ついでに、寝る？」

嶋が隣の部屋に目を遣《や》った。布団が敷かれていた。

「もう一緒に寝たからよい」

「後悔しない？」

「するかも知れぬ。だが、寝たら、明日から井戸端で会う度《たび》にどぎまぎしなければならぬからな」

「あたしなら平気よ」

「これは、私の問題だ」

「お侍様は難しいのね」

「そのようだな」嶋の猪口に、酒を注いだ。「世話になった」

「お世話しました」嶋が言った。目が笑っている。

西の空が赤く染まり始めていた。赤みは見る間に町を染め、橋を染め、川面を染めて、二人のいる障子を通し、部屋を染めた。

「ねえ、ご隠居様」と嶋が、夕日に頬を染めながら言った。「あたしにも、あんな夕日のように胸を焦がす相手が現れるんでしょうかね」

「必ず現れる。待っていれば、な。待つのを止めたら現れぬ。そんなものだ」

江戸中が焼き尽くされるような真っ赤な夕日だった。

第五話　お悠《ゆう》

一

富岡八幡宮《とみおかはちまんぐう》の祭礼が終わり、秋の彼岸《ひがん》が過ぎると、江戸はめっきりと秋らしい風情《ふぜい》になる。例年ならば、この頃までに野分《のわき》の一つか二つかは来ているのだが、今年はまだ、野分が来る気配もなかった。

「いい塩梅《あんばい》だね。あたしは、あの泥濘《ぬかるみ》ってのが大嫌いでね」源兵衛は才槌《さいづち》頭《あたま》を店奥に向け、女房の春に言った。

「好きな人がいたら、お目に掛かりたいですよ」

「そりゃ、そうだけどね。あたしは特に嫌いなんですよ」源兵衛は言いながら表へと出た。

その女はまだ長屋の木戸脇に立っていた。六ツ半（午前七時）には姿を見ているから、もう半刻（約一時間）近くになる。女は源兵衛に気付くと、顔を背《そむ》けるようにして木戸から離れて行った。

年の頃は三十路《みそじ》前の中年増《ちゆうどしま》。質素な身形《みなり》ながらも、楚々《そそ》とした立ち姿からすると、武家方の者であるように見て取れた。

そのような女が店子《たなこ》に用だとすると、誰が目当てなのか、見当は付いた。

「そうかい、そうかい……」

暫《しばら》く店に引っ込んでから、また外に出てみると、女は戻っていた。目が合った瞬間を捉《とら》えて声を掛けた。

「誰ぞ、お待ちでございますか」

「いいえ……」

「そこではお疲れになるでしょう。あたしの家の中でお待ちなさい。あたしはこの長屋の差配をしている源兵衛と申しましてな、怪しい者ではありませんよ」

「でも、ここで……」

「そうですか」

源兵衛が所在なげに辺《あた》りを見回していると、多兵衛が路地から出て来た。大きな風呂敷包《ふろしきづつ》みを背負っている。

「おや、お出かけですか」

「はい、今回は下野《しもつけ》の方へ十日ばかり」

「もう朝五ツ（午前八時）ですよ。出立《しゅったつ》がばかに遅いんじゃありませんか」

「ちょいと、人と落ち合うんですよ」

「例の、ですか」

「へい。左様です」

　年寄りや子供の一人旅は危ないので、家まで送り届けるという副業も、多兵衛はしていた。腕っ節を見込まれての用心棒と言う訳にはいかなかったが、旅の知恵を豊富に持ち合わせている。

「雨は降りそうにないし、いい旅になると思います」

　空を見上げた多兵衛に、源兵衛が訊《き》いた。

「常三郎の姿が見えないようだけど、いないのかい？」

「今朝は、烏《からす》カァで夜が明けて、すぐすっ飛んで行ったようですよ」

「どこに？」

「さあ、そこまでは存じません」多兵衛は首を横に振ると、そそくさと旅立って行った。

　源兵衛はちょいと見送り、振り返った。女に教えようとしたのだが、振り向い

たところに女はいなかった。辺りを見回していると、

「あっちに行きましたよ」春が顎《あご》で横町の方を指した。「お前さんの商いは女相手なんですからね。変な色目は使わないでおくれよ」

「色目だなんて、何てことを言うんだい。澄み切った、今日の空のようなあたしの目に失礼じゃないかい」

「濁《にご》って来てるよ。年だね」

春は五つ若く、口も回る。源兵衛は、無駄な争いを避け、路地の塵芥《ごみ》を拾うことにした。

翌朝の六ツ半――。

また女が現れた。

春の目を盗んで声を掛けようとすると、木戸を通り抜け、常三郎の借店の腰高《こしだか》障子《しょうじ》を叩《たた》いている。やはり、そうだったのかい。

「へい」常三郎の声がした。いるらしい。

女のことが気にはなったが、大家でも、それ以上立ち入ることは出来ない。箒《ほうき》を持ち出して、店の前を掃《は》き始めた。

二

女は土間に立ったままでいる。

「お上がんなさい」常三郎が言った。「そこでは、話が遠くていけませんや」

女は、ここに至ってためらうものを覚えたのか、身を固くして、俯《うつむ》いている。

どう見ても、物堅い武家の妻女にしか見えない。常三郎は、言葉付きを改めることにした。

「ここを、どなたに訊いて来られました？」

「あの……」

「はい」

「杢兵衛店《もくべえだな》のお里《さと》さんです」

二年前に妾《めかけ》奉公の世話をした娘だった。寝小便をして旦那《だんな》から愛想尽かしをされようなどと企《たくら》む娘ではなかったが、支度金《したくきん》欲しさに旦那を替えたがっていた。

その種の揉《も》め事を持ち込まれ、昨日は明け六ツ（午前六時）に出掛けたのだ。

「お里さんとは、どういう知り合いで？」

「前にいた裏店で、隣に……」

「分かりました。とにかく、お上がりください。話の後で、いやならいやと仰《おっ》しゃればよいのですから」

女は上がりはしたが、框《かまち》近くに膝《ひざ》を揃《そろ》えた。

「あなたも、お里さんのような奉公をお望みなのですか」

「はい……」

「お見受けしたところ、お武家様のご新造《しんぞ》では？」

「一度嫁《か》しましたが不縁となり、今は父と暮らしております」

「失礼でございますが、お母上様は？」

「亡くなりました……」

「恐れ入りますが」常三郎は、名と年と住まいを訊いた。

「悠《ゆう》、と申します」言葉が切れた。

「年は」

「二十八歳になります」

「戌年《いぬどし》ですね」わざと違う干支《えと》を口にした。

「いいえ。酉《とり》です」

嘘《うそ》は言っていない。改めて、住まいを尋《たず》ねた。

「本所相生町《あいおいちょう》一丁目……。権兵衛店《ごんべえだな》に住まいいたしております」

造《つく》りの見すぼらしさから、別名木屑《きくず》長屋と言われている裏店だった。

「浪人の父が長いこと病に臥《ふ》せっておりまして、私の僅《わず》かな給金では、薬料も覚《おぼ》束《つか》なくなり……」

「それで、私のところへ」

「はい……」

膝の上に揃えられた手が、きつく握られている。

「妾奉公には、大雑把《おおざっぱ》に言って三つあります。そのことは、聞いておられますか」

「いいえ」悠が小さな声で答えた。

「丸囲い、安囲い、通い妾の三つです」

悠が一言も聞き漏《も》らすまいと、表情を固めて聞いている。

「丸囲いは、宛《あて》がわれた家に入り、一人の者の妾になること。月のお手当は三両から五両になります。相手が旗本、大名となると、十両、二十両、ことによるともっとなどということもあります。安囲いは、二人とか三人に囲われることとです。妾は囲いたいが、それ程金がある訳ではない、という人がこういう囲い方を望まれます。宛がわれた家に一の日は誰、五の日は誰、と訪ねて来るという形になりますので、なかなか面倒です。通い妾は、月に何度と、回数と刻限を決め、指定された場所に出向く形です。どれにするか、ご希望を言っていただければ、それに合わせて考えますが」

「父がおりますので、丸囲いは出来ません。また、安囲いは辛《つろ》うございます……」

「通いがよろしいですか」

「その場合、回数によってお手当が違うのでしょうか」

「勿論《もちろん》、多い方が高くなりますが、そちら様の場合、お武家のご妻女であったこと。また町屋の者にはない気品が立ち居に備わっていらっしゃることから、一度でもかなりの手当が望めるかと存じますが」

「いくらくらい、いただけるのでしょうか」

「お望みをお聞かせください」

「月に一度か二度で、一両いただければ……」

「承知いたしました。一度で一両の口を探してみましょう」

「実《まこと》ですか。とても助かります」

「相手は、お武家様がよろしいですか、それとも……」

「お任せいたします」

「年は？　若い方がよいとか、年寄りの方が、とか」

「出来ましたら、あまり若くない方が……、でも、おいくつでも構いません。決まらず待たされるより、早い方が」

「これでお尋ねすることはございません。何か、お訊きになりたいことは、ございますか」

「あの……、お礼はどうしたら？」

「私の、ですか」

「はい」

「相手の方から頂戴いたしますので、ご心配なく」

「助かります。お支払いする余裕がございませんので」

「それだけ相手に負担を掛けますので、後で話が嘘だったなどということになったのでは、私の商いが立ち行かなくなります。お悠様の言われたことが本当かどうか、調べさせていただきますが、よろしいですね」

悠が驚いたように顔を上げた。

「勿論、お父上様を訪ねたり、長屋の衆にそれと分かるようには訊きませんので、ご安心を」

「くれぐれもお頼みいたします。もし父に知れたら、恐らく生きては……」

悠が顔を伏せた。肩が小刻みに震えている。

「話が決まったら、どのようにしてお知らせいたしましょうか」

「一ノ橋を渡った一《ひと》ツ目弁天《めべんてん》裏の手習所《てならいどころ》で裁縫や礼法などを教えておりますので、出来ましたら、そこへ」

「承《うけたまわ》りました」

立ち上がり、框から土間に下りようとした悠に、常三郎が訊いた。

「これからは？」

「帰りますが……」

「でしたら、お住まいの場所を知りたいので、ご案内いただけますか」

「………」考えている。

「十間（約十八メートル）程後ろから付いて参ります」

「分かりました」悠は、きつく結んだ唇を開き、それから、と言って常三郎を見詰めた。

「何でしょう?」

「……金子《きんす》を、いか程でも構いません。お貸しいただけないでしょうか」

「そりゃよろしいですが。一朱《いっしゅ》で足りますか、二朱にいたしますか」

「二朱、お願いいたします」

常三郎は巾着《きんちゃく》から一朱金を二つ取り出し、渡した。

「これで」と悠が言った。「逃げられませんね」

「……そんなに、思い詰めることはございません。もそっと、お気楽になすって……」

「はい……」

悠は僅かに頭を下げると、腰高障子に手を掛けた。遅れて常三郎も路地から木戸を抜け、裏通りへと出た。

柳原通りが尽きる辺りから人通りが激しくなった。悠の後ろ姿が、広小路の雑踏に紛《まぎ》れていく。

見失わないようにと、常三郎は足を急がせた。

三

翌日常三郎は、お店者に見えるよう身形を整え、両国橋を越えた。

まずは、一ツ目弁天裏の手習所に向かうことにした。一ノ橋を渡れば目の前が一ツ目弁天である。裏に回り、通り掛かった商人風体の男に手習所がどこか、尋ねた。問うまでもなく、昨日悠から聞いていたのだが、評判を聞いておきたかったのである。

「《青蛾堂《せいがどう》》さん、ですか」

青蛾とは、眉墨《まゆずみ》で描いた緑の眉のことで、美人を表す言葉だった。手習所にそのような名を付けるとは考えにくい。とすると、そのような通り名で呼ばれているのだろう。悠の面差《おもざ》しを思い返した。成程《なるほど》。常三郎は合点《がてん》しながら土地柄を思った。美人を青蛾と言い表すところに、御家人が多く住む本所を見出したのである。懐《ふところ》は寂しくとも、書の知識だけはあるのだ。

「そのように呼ばせているのですか」

「皆、そう言ってますね」

「娘にどうかと思いまして、様子を見に来たのですが」

「お勧《すす》めしますよ。私の娘は二人とも、青蛾堂さんの世話になりました。何と言っても教え方が丁寧《ていねい》ですからね」

「左様ですか」

もう一人くらい聞こうかと見回したが、人気《ひとけ》がないので、尋ねるのはよしにして、己の目で見ることにした。

教えられた小道に入り、少し行くと、手習指南の看板が見えた。看板は、門柱に打ち付けられていた。

生け垣の端から庭越しに教場を覗《のぞ》いた。手習いをしている子供らの姿は見えたが、悠の姿はない。垣に沿って進み、隣の部屋を見た。宮くらいの年頃の娘が三人いた。その娘らを並べて座らせ、悠が花を生けていた。娘らの目が輝いている。枝を剪る鋏《はさみ》の音が高く聞こえた。

常三郎は、そっと踵《きびす》を返し、一ノ橋を渡り返して、相生町一丁目の権兵衛店に向かった。

裏通りから長屋の路地に目を遣《や》った。木屑を集めたようなそそけた木戸が、乱暴に開け放たれていた。木戸門に張り出されている店子の木札を見た。易《えき》とか魚とか読めるものもあったが、古ぼけて、ほとんど字が掠《かす》れている。

「ご免《めん》ください」

常三郎は、路地の入り口にある舂米屋《つきごめや》に入った。杵《きね》や臼《うす》が並び、土間には足で杵を踏んで米を舂《つ》く唐臼《からうす》があった。

「おいでなさいませ」年の頃は五十を過ぎたくらいか、ひどく痩《や》せた男が手を揉《も》み合わせながら出て来た。主《あるじ》であるらしい。

「お隣の権兵衛店の大家さんは、こちらでしょうか」

「左様でございますが……」主の目が、常三郎を頭の先から爪先《つまさき》まで無遠慮に舐《な》め回した。「何か」

「手前は、本町二丁目の木綿問屋《もめんどんや》《枡屋《ますや》》の番頭で常三郎と申します」

「はい……」

本町二丁目の問屋である。本所とは店の格が二つも三つも違う。主は俄《にわか》に腰を屈《かが》めた。

「店子の方のことで、少しお教えいただきたいのでございますが。いえ、お宅様にご迷惑をお掛けするようなことは決してございません」

「分かりました。それでは、中で」

「相済みません」

常三郎は、枡屋には息子が三人おり、次男の者が通り掛かった手習所で悠を見《み》初《そ》めた。話によると、ご浪人様のご息女らしいが、詳しいことをお聞かせ願えないか、と切り出すと、主は奥にいた女房を呼び寄せて、二人で話し始めた。

悠の語ったことは本当のことだった。浪人の娘で、一度嫁したが子が出来ぬから、と不縁になり、その話で揉めている頃に母が亡くなり、そして今は父が胸の病で臥せっている。

「娘さんも出来た人ですが、お父上というのがまた立派な御方でしてね。おとなしくて、娘思いで……」女房が目頭を押さえた。

「ただ悲しいことに運がないのですね。よくおりますですよね、そう言う人って。気の毒だけど……」

女房が主の膝を揺すった。主がはっと顔を起こして、でも、と言った。

「ここで、枡屋さんとの話がまとまれば、今までのことなんか、すべて笑い話になるでしょうから……」

夫婦が並んで畳に手を突いた。他人に手を突かせる悠は、信用が出来た。

まとまると、ようございますね。

笑顔を見せながらも、決まるまでこの件はくれぐれも内密に、と念を押すのを忘れなかった。下手《へた》に縁談話が広まったら、面倒なことになる。

夫婦に見送られ、大家の家を後にした。

折角よい身形をしているのである。常三郎は、真っ直ぐ帰らずに、御竹蔵《おたけぐら》を東に見ながら石原町まで足を伸ばし、御厩《おんまや》の渡しに乗った。浅草御米蔵《おこめぐら》の北にある御厩河岸に出れば、目指す大護院門前町《だいごいんもんぜんちょう》は目と鼻の先である。門前町には、かつて妾奉公を世話した女が営む汁粉屋《しるこや》があった。女は、八年丸囲いされた後、旦那が死に、まとまった金子を得、それで汁粉屋を開いていた。

暖簾《のれん》を潜ると、衝立《ついたて》で仕切られた入れ込みは、ほぼ客で埋まっていた。どこかに空《あ》きはないか。探していると、内暖簾が上がり、女が顔を覗かせた。

女の顔が、笑みに染まった。蔦《つた》だった。

「繁盛で何よりですね」

奥の帳場に腰を下ろしながら言った。

「お蔭《かげ》様で。あの頃のことを思うと、常三郎さんには、足を向けて眠れませんわ」

蔦は大店の一人娘に生まれ、何不自由のない暮らしを送っていたのだが、寛政《かんせい》元年（一七八九）の大火《たいか》でそれが一変した。二親《ふたおや》とお店を同時に亡くし、残ったのは我が身一つだった。

「昔のことは忘れましょう」

「何度言われたかしらね。その言葉」蔦は茶を淹《い》れると、今日は、と訊いた。

「甘いものがほしくなりまして、寄ったのですが」

「それは、ご免なさい。何にします？」

「冷やした田舎《いなか》汁粉を」人気の一椀だった。

「はい」蔦は手を叩いて仲居を呼ぶと、急ぐようにと言い付けた。

茶を飲む間もなく、汁粉が来た。粒餡《つぶあん》の汁粉に、よく冷えた白玉が三個浮いていた。

早速、椀を手に取った。冷えた白玉が咽喉《のど》を滑り落ちていき、汁粉がそれに続いた。美味《うま》い。

「ねえ、常三郎さん」と蔦が言った。「新しい甘味を考えているんだけど、中々思い付かなくてね。何か知恵があったら教えてくださいな」

「そいつは無理ってもんですよ。餅《もち》は餅屋って言うじゃありませんか……」

言いながら常三郎の箸《はし》が止まった。

「…………」蔦が常三郎を見た。

「面白い話を聞きました。お役に立つかどうかは分かりませんがね」

蔦が身を乗り出した。

常三郎は、才槌長屋の隠居が甲州街道の茶屋で食べた《蛙の卵》の話をした。

「水に中《あた》ったとかで熱を出し、二、三日唸《うな》っていたそうです」

「蛙の卵、ねえ」蔦が気持ち悪そうに鼻に皺《しわ》を寄せた。

「名前も形もまったく変えて、寒天でなく葛《くず》で固めたようなのは、どうですか」

「中に入れるのは、やはり餡《あん》でしょうかね？」

「それでは面白くないでしょう。今まで使っていなかったもの……」

「例えば？」蔦が訊いた。

「人参《にんじん》に飾り包丁《ぼうちょう》を入れ、花びらの形にする。それを甘く炊《た》いた葛で包む。どうです？」

「唐茄子《とうなす》とか芋《いも》も、使えますね」

「それらを葛で包んで、名前は《宝舟《たからぶね》》」

「試してみます。ありがとう、常三郎さん」

瓢簞《ひょうたん》から駒で、話が弾《はず》み、一刻（約二時間）程過ごしてしまった。

　なおも引き留められたが、身形はきちんとしていても、妾奉公の口入屋《くちいれや》、仲《ちゅう》人《にん》である。長居はすべきではない。遠慮して、店を出た。

　しかし、常三郎の気持ちは晴れていた。世話した女が、幸せに暮らしている。これに勝る喜びはない。てめえのしたことが、間違いではなかった証《あかし》である。


　才槌長屋の入り口に源兵衛が立っているのが、遠くから見えた。落ち着きがない。そわそわとしている。何かあったのか。まさか。悠が来たのだろうか。半《なか》ば駆けるようにして、戻った。気付いた源兵衛が手招きをしている。

「どうしたんで？」

「お前さん、どこかで四六を見なかったかい？」

「四六……」四月に入ってから来た子供の名だと思い出した。

「いないんだよ。どこかに一人で行くとも考えられないし、どうしたんだろうね？」

「迷子《まいご》札《ふだ》は？」

「勿論、着ているものに縫《ぬ》い付けてあるけどね」

「いつ頃から姿が見えねえんで？」

手習所から昼飯に戻り、その後突然いなくなったらしい。一刻半（約三時間）は経《た》っている。

「今、誰がどこを探してるんで？」

峰蔵と手下の二人、それに市助と宮ら子供たちと、彦斎と吉太郎の計十名が、柳原通りを中心に近間《ちかま》を当たっていた。

「それじゃ、あっしも一回りして来やしょう」

「済まないね」

「なあに、袖《そで》すり合うもって奴ですよ」

「……昨日の人、だけどね」源兵衛が言った。「どこの人なんだい？」

「こんな時に、どうしてそんなことを？」

「いやね。子供らが言うには、四六の様子が昨日から変だったらしいんだよ。その原因《もと》がね、怒っちゃいけないよ。あの女《ひと》じゃないか、と思える節があるんだね」

「まさか」

「四六がね、あの女のことを見掛けて、気にしていたらしいんだよ」

「迎えに来た母親だ、とでも思っちまったんですかね」

「別れて何年って訳じゃないから、見間違えることはないだろうけどね。思い出しちまったのかも知れないね」

「探して来やす」

世話を焼かせる餓鬼《がき》だぜ。てめえが家鴨《あひる》の餓鬼か、白鷺《しらさぎ》の餓鬼か、分からねえのかよ。母親を思い出すなら、家鴨を見てからにしろい。

取り敢《あ》えず、どこに行く、という当てもなかったが、走るしかなかった。皆とは逆の方角を選ぶことにした。柳原通りに背を向けた。

横町を、路地を、覗きながら、とにかく走った。

広い通りに出た。確か四六は、小泉町の木戸番小屋に置き去りにされてたんだったな。朧《おぼろ》げな記憶を頼りに、西に向かった。

細川長門守《ほそかわながとのかみ》の上屋敷の前を過ぎ、佐久間町《さくまちょう》四丁目代地を左に見ながら松枝町《まつがえちょう》に入った。前の方から大人と子供が来た。大人が子供の手を引いている。

子供のしょぼくれた顔が見えた。四六に似ている。男の子も常三郎を見ている。

「おめえ、四六か」

男の子が顎《あご》を咽喉許《のどもと》に埋めるようにして頷《うなず》いた。

「探したぜ。俺だけじゃねえ、長屋総出で探してるんだぜ」

そこまで言って、四六の手を引いている男を見た。絹小紋《きぬこもん》の羽織を着、穏《おだ》やかそうな、見るからに堅気《かたぎ》の暮らしをしている者のようである。気後れしそうになったが、しかし今日の常三郎は、晒染帷子《さらしぞめかたびら》に小紋縮緬《ちりめん》の羽織、と身形では負けてはいない。丁寧に礼を述べてから訊いた。

「失礼ですが、どちら様で？」

男は、小泉町の自身番《じしんばん》に詰めている大家の助左衛門《すけざえもん》だと名乗り、木戸番小屋からの知らせを最初に受けた者だと続けた。結局置き去りにされていた場所《ところ》に戻っていやがったのか。

「それはまた、ありがてえ御仁《おひと》に見付けてもらったもんだ。よかったじゃねえか、四六」

長屋の者と話すと、つい、地が出てしまう。照れ隠しに四六の頭を乱暴に撫《な》でた。

あの、と常三郎の身形を見ながら助左衛門が訊いた。

「お宅様は、才槌長屋に……」

「住んでる常三郎ってもんです」

「はあ……」

「話は追い追いってことで、皆が心配しておりますもんで、ご一緒願えますか」

「それで、どこにいたんです？」源兵衛が常三郎に訊いた。小便が溜《たま》っていたのだ。

常三郎は、話を助左衛門に譲《ゆず》り、後架《こうか》へと急いだ。

常三郎を追うように、皆の笑い声が聞こえて来た。助左衛門が、お玉稲荷の辺りをうろついている四六を見掛けたところを話しているのだろう。

四六は誰に聞いたのか、迷子石《まいごいし》を探しに長屋を出たのだった。迷子石は、子とはぐれた親が一縷《いちる》の望みをかけて、子の名と年などを書いた紙を貼《は》り出す石のことである。人通りの多い橋のたもとなどに、それはあった。

だが、迷子石は見当たらず、その上帰り道が分からなくなり、途方に暮れてしまった。俄《にわか》に心細くなり、辺りを見回しているところを助左衛門に見付かった、という訳だった。

後架を出、表に行こうとすると、又八が借店から出て来た。後架に行くらしい。

「いなすったんですかい？」

「いたよ」又八が無愛想に答えた。

「四六が見付かりましたぜ」

「聞こえた」

「怪我もなくて、とにかくよかったですね」

「餓鬼がちっと見えなくなったからって騒ぎ過ぎじゃねえか。放っときゃ帰って来るもんよ、餓鬼なんてもんはよ」

面白くもなさそうに言い、背を丸めて後架に入って行った。

木戸門に向かおうとすると、宮と市助らが四六を囲んで借店に戻るところだった。

宮と市助が常三郎に頭を下げた。宮の目が涙で赤く滲《にじ》んでいる。四六が常三郎を見上げた。軽く睨《にら》んでやると、四六の目から涙がぽろりと落ちた。

後架を終えた又八が、四六に声を掛けている。心配《しんぺえ》させるんじゃねえぞ。その声で、四六の堰《せき》が切れたらしい。宮に頭を擦《す》り付けるようにして、大声で泣き始めた。

「常三郎」声の方を見ると峰蔵だった。

口入稼業とは言え、妾奉公の斡旋《あっせん》である。御用聞きには弱かった。

「お前んところに、女が来たそうだな？」悠のことだった。

「へい。ご浪人様の娘御でして」

「四六の親は、武家という話ではなかったから、違うか。似てたのかな」

「かも知れませんですね」

「妾奉公か」

「……へい」

「何だか幸《さち》の薄そうな人でしたね」源兵衛が訳知り顔をして言った。

「父親が病でして、薬料を稼ぐには、これしかねえってことで……」

「気の毒にね」源兵衛が言った。

「なあに、慣れですよ」常三郎は言い置くと、峰蔵や源兵衛らの目を背に受けながら、借店の戸に手を掛けた。

四

翌朝、子供らが手習所に行く足音で一度目が覚めたが、再び微睡《まどろ》んでいるうちに五ツ半（午前九時）になっていた。常三郎は布団を畳んで隅《すみ》に重ねると、大急ぎで顔を洗い、歯を磨いた。桶《おけ》に楊枝《ようじ》と手拭を入れ、借店に戻ろうとすると、吉太郎の借店からごりごりと擂り鉢《すばち》を使う音がする。

朝っぱらから何をしているのか、と開け放たれた腰高障子から覗くと、両の足で擂り鉢を押さえ、米を入れては擂っている。

「何を作ろうってんです？」

吉太郎が手を止めて常三郎を見、疲れました、と言った。

「ちょいと風情のある味を楽しもうと思ったのですが、料理は面倒ですね」

擂った米をどろどろに煮て、香の物で食べるのだ、と吉太郎が手順を話した。

「粥《かゆ》じゃいけねぇんですかい」

「今朝は粥の気分じゃないんですね、これが。なぜかは分かりませんが」

暇人に付き合ってはいられない。

「あっしは、急ぎますんで」

常三郎は手早く着替えて長屋を出ると、源兵衛の営む山科屋とは木戸を挟んで反対側にある瀬戸物屋に飛び込んだ。

「おや、常さん」と主《あるじ》の甚右衛門《じんえもん》が言った。「今日はいい身形だね」

昨日と同じ、お店者の姿である。

「茶碗かい？」甚右衛門は、常三郎の生業《なりわい》も、茶碗を何に使うかも、心得ていた。

「安くて見映えのいいのを頼む。何か由緒《ゆいしょ》がありそうなら、もっといいぜ」

「お代は？」

「十疋《じゅっぴき》（百文）出そう」

「それで由緒かい？」

甚右衛門が大きな木箱から、少し形の歪《ゆが》んだ茶碗を出して来た。

「上等だぜ」

常三郎が懐から取り出した袱紗《ふくさ》の上に置いた。何やら、それらしく見える。

「いいねえ」甚右衛門が言った。

「ありがとよ」

常三郎は銭を払うと、袱紗の包みを手に、富松町を後にした。

行き先は、小網町《こあみちょう》にある足袋股引問屋《たびももひきどんや》の《津久見屋《つくみや》》。主の忠兵衛《ちゅうべえ》から、よい出物があれば、と言われていたのである。

月一度一両で話がまとまれば、初回分と同額の一両と、忠兵衛のことだ、なにがしかの心付けが貰《もら》えるはずである。その心付けが、二両となるか、三両となるかは、悠がどれ程気に入られるかに掛かっていた。

泥付きの大根のような女なら、湯に入れてごしごしと洗うのだが、悠は下手《へた》にいじらない方がよい。あれは、値が付くぜ。

堀留町《ほりどめちょう》入堀沿いに南に下り、和国橋《わこくばし》、親父橋《おやじばし》、思案橋《しあんばし》の東を抜けて、小網町に入った。

津久見屋の看板が見えた。常三郎は襟許《えりもと》を直すと袱紗の包みを丁寧に持ち、暖簾《のれん》を潜った。

「手前は古道具を商っております《才槌屋》常三郎と申します。今日は、旦那様によいお話を持って参りました。お取り次ぎをお願い申します」

応対に出た番頭が、帳場に目を遣った。忠兵衛の倅《せがれ》が頷いた。

「少々お待ちを」

間もなく戻って来た番頭に案内されて、奥へと向かった。

奥の間には忠兵衛とお内儀《ないぎ》がいた。廊下で手を突き、更に座敷に入ってもう一度手を突いた。

「何かよい出物がありましたか」忠兵衛が凝《じ》っと常三郎を見た。

「はい」

「涎《よだれ》が出そうなものでしょうね」

「勿論でございます」

「高いものは駄目ですよ。この人は、目がないんですから」お内儀が横から口を挟《はさ》んだ。

「そのようなことはございませんが、旦那様から、五両、十両なんてものは買わないよ。高くても一朱止まりだよ、ときつく言い付かっておりますので、そのようなお品を」

「見せてごらん」忠兵衛が言った。

常三郎は袱紗を解いて、茶碗を差し出した。お内儀も膝を送って来ると、茶碗を覗き込んでいる。

「歪んでますね」

「そこが味というものでございます」常三郎が言った。

「いくら、だい？」忠兵衛が訊いた。

「二百もいただければ？」

「二百って、まさか、二百文ではないでしょうね」お内儀が言った。

「その、まさか、でございます。お安うございましょう。古道具屋に持って行けば、右から左に一両か二両になるお品でございますよ」

「ならば、どうして才槌屋さんがお仲間のところへ持っていかないんです」お内儀が言った。

「手前では、五百文にしかならないからでございます」

お内儀が首を小さく捻《ひね》った。

「ところが、津久見屋さんがお持ちとなると、それが暖簾の信用から、一両にも二両にもなるのです。それが古道具というものなのでございます」

「そういうものなのですか」お内儀は呟《つぶや》くように言うと、嬉《うれ》しげに口許を手で隠した。

「もういいから、向こうに行っていなさい。これから、この品の話をじっくりと聞かなければなりませんからね」

奥向きの女中が茶と菓子を置いて下がるのと一緒に、お内儀も表の方に出て行った。

「よい話って何です?」忠兵衛が声を潜《ひそ》めた。

「年は二十八。ご浪人様ですが、お武家の一人娘でございます……」

悠の名と一度嫁したことなどを教えた。

「歪んでいないだろうね」忠兵衛が茶碗を目の高さに持ち上げた。

「楚々《そそ》とした美形でして、手習所で裁縫や礼法の指南をいたしております」

「いいですね」

「父親が病に臥せっておりますので、通いとなりますが、よろしいでしょうか」

「構わないよ。その方が、あの口うるさい奴の目も誤魔化《ごまか》せるしね」

「月一度で一両。支度金が一月分。もしお気に入られましたら、もう少し色を付けていただけたらと存じます」

忠兵衛は茶碗を置くと、訊くまでもないとは思うけど、と言って常三郎を見た。

「瘡《かさ》っ気《け》はないでしょうね？」

「身持ちの固そうな方でしたので、訊きもいたしませんでしたが」

「いけませんね。お悠様が身綺麗《みぎれい》になさっておいででも、別れたご亭主までは分かりませんからね」

手抜かりだった。悠の居住まいに押され、そこまで気が回らなかった。

「とにかく、その方に会ってみますが、調べてから返事をするということでよろしいですね」

「はい……」

「日取りと刻限は、そちらに任せます。場所は私の寮ということで」

向島《むこうじま》の三囲稲荷社《みめぐりいなりしゃ》近くに津久見屋の寮があった。一度、足袋股引問屋仲間の《山形屋《やまがたや》》と訪れたことがあった。山形屋には丸囲いを世話していた。

「承知いたしました」

「それから」と忠兵衛が茶碗を指して言った。「これは預かっておきますが、いただけませんな」

昼八ツ（午後二時）の鐘とともに、手習所のある小道から手習子らが出て来た。帰り始めているのだ。

小道を見通す角地に下がり、待つことにした。程なくして悠の姿が、小道の奥に見えた。

常三郎は、羽織の袖をつんと引き、皺を伸ばすと、小道を覗いた。悠の顔が一瞬固まり、解けた。

「よい御方が見付かりました。近いうちに、お身体の空く日はございますか」

「……明後日《あさって》では？」

「よろしいですよ」

帰るのが遅れた手習子が、常三郎と悠を見比べながら通り過ぎていく。

「少しお話がございます。歩きましょうか」常三郎が先に立った。

直ぐ後ろから悠が来ていることは、気配で知れた。常三郎は、一ツ目弁天の境《けい》内《だい》に入り、人気のないところで足を止めた。

「何でしょうか。お話することは、皆いたしましたが」

「それなんですが、一つ訊き忘れておりました。気を悪くせずにお聞きくださいよ。悠様に、瘡の心配はないでしょうね」

「かさって、雨でも降るのですか」悠が空を見上げた。

「それではなくて、病の、瘡っ搔《か》きのことで」

「無礼な……。そこまで言われるのですか」悠の眉が激しく震えている。

「相手は、調べたいと、そのように言っておりまして」

「調べるとは、どのようにするのです？」

常三郎はしゃがみ込むと、地面に人頭大《じんとうだい》の円を描いた。悠が見詰めている。

「この円を、跨《また》いでください」

「………」

常三郎は腰を落としたまま、待った。悠の足が、地を滑るようにして前に出、円を跨いだ。

「それで着物の裾《すそ》を大きく開いて持ち上げるのです」

「そんな……」

「瘡っ気があると、太股や足の付け根のところに横根《しこり》とか赤いぶつぶつが出来ましてね。見るか触るかで分かるのです」

「知りませんでした……」

「我慢です。こんなことは、一度だけですから」

悠が力なく頷いた。

「では、明後日昼四ツ（午前十時）に向両国駒留橋のたもとの茶屋でお待ちいたしております。よろしいですか」

「はい。あの……」言い淀《よど》み、ためらった後、口を開いた。「どなたなのでしょう？　相手というのは」

「それは、明日お話しいたします」

「………」

「間違っても、反古《ほご》にはしないでくださいよ。脅《おど》かしたくはありませんが、相手の方に来ませんでした、と言うだけでは済みませんからね」

「分かっております」

悠が足許の円から目を上げ、常三郎に言った。

五

向両国の人込みの中を、一人場違いに表情の硬い女が歩いて来た。悠だった。悠は、約束の刻限丁度に駒留橋のたもとの茶屋に現れた。

「参りましょうか」

「はい」

藤代町《ふじしろちよう》の船宿で舟をしつらえ、竹屋《たけや》の渡し場に向かった。

悠は船縁《ふなべり》から大川の流れに目を落としている。川風が悠を撫《な》で、後れ毛がそよいだ。白鷺《しらさぎ》がいた。流木《りゆうぼく》に止まり、川面《かわも》を滑るようにして大川を下っている。常三郎が教えると、悠は目を上げ、白鷺が遠く小さくなっていくのを見送った。

舟が竹屋の渡し場に着いた。悠が立ち上がろうとした時、舟が揺れた。常三郎は悠の手を取り、支えた。厚みのない、薄い掌《てのひら》をしていた。

石段を上がり、堤《つつみ》に立った。目の前に参道が延び、三囲稲荷社の森へと分け入っている。

「こちらへ」

常三郎らは、堤を少し南に戻り、葉の色づき始めた木々の間を抜け、東に折れた。刈り入れを控えた田が広がっている。

「お江戸もここまで来ると、長閑《のどか》ですね」

常三郎は、悠の気持ちを和《やわ》らげようと、田に目を遣りながら言った。悠の唇が小さく開いた。田を渡る風を吸い込んでいる。

行く手に低い喬木《きょうぼく》に囲まれた寮が見えた。

「あそこです」

常三郎は、寮の持ち主がどこの誰であるか、を教えた。しかし、悠は店の名を知らなかった。

津久見屋の寮は、ひっそりと静まり返っていた。

案内を乞《こ》うと、皺深い老爺《ろうや》が出て来た。寮番で、名を弥助《やすけ》と言った。

「お待ちしておりました」

弥助は、ちらりと悠を見て、常三郎に言った。

「どうぞお上がりください」

忠兵衛は廊下奥の居室にいた。床の間を背にして端座《たんざ》している。常三郎は悠の背を押すようにして座敷の中程に座らせると、互いを引き合わせ、己は敷居際に下がって膝を揃えた。

「よくお出でくださいました」忠兵衛は晴れやかな笑みを湛《たた》え、この辺りは、と言った。

「風と鳥しか訪れる者はございません。静かなところでございます」

悠が庭を見て、小さく頷いた。

「お口汚しに、《京雅堂《きょうがどう》》の菓子を用意させました。茶でも飲んで、くつろいでください」

京雅堂は、京の菓子職人を江戸に下らせて開いた菓子舗で、御三家にも出入りを許されている名店だった。

忠兵衛が手を叩いて、弥助を呼んだ。弥助が、茶と菓子を運んで来た。胡桃《くるみ》を混ぜ込んだ求肥《ぎゅうひ》で白餡を包んだ京雅堂の銘菓《御所車《ごしょぐるま》》であった。

悠は僅かに背を傾けて礼を言い、茶だけを喫《きっ》している。

「今日は、どうやって？」忠兵衛が常三郎に訊いた。

藤代町で舟に乗り、竹屋の渡し場まで来たと話した。

「上げ潮の刻限ですから、潮気を浴びたかも知れませんな。どうです？　湯など浴びられては」

「いいえ」

「左様ですか」

話の接《つ》ぎ穂《ほ》をなくした忠兵衛が、何を思い付いたのか、ひょいと床の間を振り返り、隅に置かれていた袱紗包みを手に取った。

「このような茶碗があるのですが」

袱紗を開いた。常三郎が手土産《てみやげ》にした茶碗だった。

「私、不調法《ぶちょうほう》で、器はよく分かりません」

「勘で結構です。よいものですか、それとも取るに足りないものでしょうか」

悠は、つと手を伸ばして茶碗を取り上げると、椀の中と高台を見て、戻した。

「いかがですか」

「よいものとは思われませんが」

「ほう。どうしてそう思われました」

「形に、品と申しますか、風情がございません」

忠兵衛は心地よげに笑い声を立てると、そうでしょう、と言った。

「この者が持って来たものですからな」

忠兵衛が常三郎を茶碗で指した。

「まあ」悠が、笑みを見せた。

「気に入りました」

忠兵衛が言った。

「それでは、才槌屋さんの刻限もあるでしょうから、決めごとを済ませてしまいましょう。聞いていらっしゃいますか」

「はい……」悠の表情が石のように固まった。

「簡単なことです。瘡っ気があるかどうか、見せてください」こちらへ。明るい方へ、どうぞ。忠兵衛が膝を送り、廊下の敷居際に寄った。

遠慮して離れようとした常三郎を、忠兵衛が遮《さえぎ》った。

「私が難癖《なんくせ》を付けたと思われたのでは、心持ちがよくないですからね。立ち合っていただきますよ」

障子が立てられた。

「さっ、お願いいたします」

「はい……」

悠は、ふた足進んで動きを止めた。左手の指が合わせに沿って下がっている。ふいに指が止まった。畳に向かって、何か落ちるものが見えた。涙だった。

「お悠様」常三郎が言った。

「出来ません……」

「どうなさいました？」忠兵衛が、片膝を前に進めた。「今更何を仰しゃるのです。あなた様が、どこのどなたなのか。お武家のご妻女であったか、なかったか。そのようなことはどうでもよいのです。要は、私に相応《ふさわ》しいか、否か、です。さあ、早くしなさい」

手を伸ばし、悠の手を押した。

「お止《や》めください」

叫ぶように言うと、悠は座敷を飛び出して行った。

「常三郎さん、これはどういうことですかね？」

「相済みません。言い聞かせて参ります」

急いで追い掛けようとした常三郎を、

「お待ち」忠兵衛が引き留めた。

忠兵衛の目が大きく見開かれ、輝いている。

「あれは、いい。擦れていないところが、実にいい。祝儀を弾むから、よく言い聞かせておくれ」

「はい……」

「あの初心《うぶ》なところが、何ともそそるじゃないか。月二度なら三両も惜しくはない。金で叩いてもいいからね。くれぐれも他の人には回さないでおくれよ」

「お任せの程を」よくよく諭《さと》しますんで、吉報は日を改めて、と言うことで。

「仕方ないね」

常三郎は頭を下げると、撥《は》ねるようにして寮を出た。


悠は田を見渡す道に佇《たたず》んでいた。

常三郎の気配を察し、目許を指の腹で拭っている。

「少し歩きましょうか」常三郎は、背越しに言って先に立った。

「申し訳……ございませんでした。何とお詫《わ》びをすれば……」

低いところから細い声が聞こえて来た。俯いているのだ。

「お借りしたお金は、明日にでもお返しいたします」

「それは、お気になさらずに」

「でも……」

「覚悟していても、なかなか出来るものではありませんし、実を言うと、あれでよかったのでございますよ」

「え？」

悠の足が瞬間止まった。

「あなたが遊び慣れた方ではないと分かったのでしょう。二度なら、月に三両出すと言い出しました」

「そんなに、ですか」

「なぜだか、分かりますか」

「いいえ……」

「お悠様が、金で恥を売るところが見たいのですよ」

「そんな……」

常三郎は振り向いて、悠を正面から見た。悠が顔を背《そむ》けた。

「男というのは、そういうものです。だから、金を出すのです」常三郎は、訊いた。「三両あれば、薬料の方も随分《ずいぶん》と楽になるのでしょう？」

「それは、もう……」

「だったら、迷うことはないじゃないですか。生きるためには、強くなることです。強くなれば、泣かずに済みます」

悠が常三郎を見詰め返して来た。

「もう一度、会われますね」

「はい」

「一日気を持たせてやりましょう。明後日ということでは？」

「昼過ぎならば。朝のうちは、裁縫を見ないといけませんので」

「分かりました」


当日――。

刻限通りに茶屋に現れた悠を伴《ともな》い、再び藤代町から舟に乗り、津久見屋の寮に向かった。

悠が腹を括《くく》ったことは、固く結んだ唇から見て取れた。

常三郎は何も言わず、悠の前に立ち、寮の門を潜った。

忠兵衛は二人を出迎えると、

「済まないね。才槌屋さんは、弥助のところで待っていておくれ」

言い置いて、悠を奥へと導いた。

弥助が、こちらへ、と常三郎に言った。寮の台所には、酒が用意されていた。手順は決まっていたのだ。

常三郎が座ると、弥助が鯊《はぜ》の甘露煮《かんろに》を皿に取り分けてくれた。奥のことが気になったが、仲人が口出しすることではない。手酌《てじゃく》で一つ飲み、甘露煮に箸を伸ばした。

「どうです？」弥助が訊いた。

褒《ほ》めた。

「旦那様の好物でしてね。特に、今頃の鯊は脂の乗り具合といい、絶品でございますね」

「弥助さんは、ここに長いのですか」

「旦那様がお生まれになった時からですから、お店、前の寮、そしてここと、都合何年になりますか」

「どちらのお生まれなんで？」

「私ですか」弥助は菜箸《さいばし》を持つ手を止めて、倉《くら》ヶ野《の》だと言った。「ご存じですか」

「上州《じょうしゅう》の？」

「はい。江戸からおおよそ二十五里（約百キロメートル）。その外れの貧しい百姓の倅に生まれました。江戸に来たのは十三の時でした。荷舟に乗せられて、それは辛《つら》い思いをいたしました」

奥の方から忠兵衛の声が聞こえた。何を話しているのかまでは、聞き取れない。

「あの方は、お手当がほしいのですよね」と弥助が言った。

「そうですが」

「ならば、耐《た》えられますね」

「………」

「砂村《すなむら》の茄子《なす》がございますが」弥助が笊《ざる》に盛られた茄子を見せた。茄子紺《こん》に照りがあった。

「揚出しにいたしますか、それとも鴫焼《しぎや》きがよろしいですか」

「揚出しには、目がなくて」

「私も、です」

弥助が茄子の蔕《へた》を切り落とし始めた。

手酌を重ねていると、奥の襖《ふすま》が開く音がした。二つの足音が立ち、一つが脇に逸《そ》れ、一つがこちらに来た。足音に身体の重さが乗っている。忠兵衛であるらしい。

「やってくれてますか」忠兵衛が胡坐《あぐら》をかいた。

「頂戴しております」

忠兵衛は弥助に猪口《ちょこ》と箸を運ばせると、鯊の甘露煮を食べ、酒を飲み、

「いいね」と言った。「あれは、当たりですよ。祝儀は弾みますからね」

「ありがとうございます」常三郎は礼を言い、訊いた。「お悠様は？」

「湯に入れたよ。女の後の湯は柔《やわ》らかくなっているからね」忠兵衛が髷《まげ》に手を当てた。

「瘡っ気がないと分かったら、どうにも堪《こら》えられなくなってね。月に二度のうちの一度。しっかりと楽しませてもらいましたよ」

「驚かれませんでしたか」

「覚悟していたみたいだね。私も、もう少し暴れられるかと思ったんだけどね」

忠兵衛は猪口の酒を空けると、弥助に何を作っているのか尋ねた。茄子の揚出

しと聞いて、相好《そうごう》を崩した。

「私たちの分もね。頼みますよ」

戸が開き、廊下を渡る足音がした。悠が湯浴《ゆあ》みを終えたらしい。

「私も、浴びて来ようかね」

奥に行った忠兵衛が、程なくして戻って来た。

「帰ると言っているので、支度金と手当を渡しましたよ。次は十日後になりましたからね」

「ちょいと見て参ります」

「そうかい」

「弥助さん、済みません」

「取っておきますよ」

「万一戻れない時は」

「ご心配なく」

道の左端を、田からの風に吹かれながら悠が歩いていた。

「お悠様」

声を掛け、走り寄った。悠の足が止まった。

「来ないでください」背を向けたまま、悠が言った。

「……大丈夫でございますか」

「何でもありません。平気です。一人で帰れます」

「ですが……」

「一人にさせてください。顔を見られたくないのです」

「申し訳ございません。気が回りませんで」

「いいえ……」

悠はその場で、身体を僅かに捩《ねじ》るようにして頭を下げた。常三郎も礼を返した。常三郎が頭を起こした時には、悠は歩き出していた。

空の高いところで風が鳴った。

それは田に下り、うねりを見せて悠に迫ると、袖と裾を躍《おど》らせ、また空に戻って行った。

六

立冬を過ぎ、火の気が恋しい冬になった。

浪人・笹岡小平太がいた借店は、まだ借り手がなく、空《あ》いたままになっている。これで才槌長屋は、都合二軒空いていることになる。

「誰か、よい人はいませんかね」

大家の源兵衛の口癖《くちぐせ》となっていた。

目を付けられたのが、峰蔵の手下の文治だった。二親は健在で、髪結いをしていた。髪結いは兄が継ぐので、文治は家に戻される心配はない。と、なれば、と源兵衛は考えたのだ。いつまでも親分宅の二階にいないで、通いにしたらどうだい？

しかし、源兵衛の思惑は、峰蔵の一言で吹き飛んだ。まだ早《はえ》え。

手習所に行く子供らの足音が長屋の路地に響いた。

「はい、はい。行っといで。しっかり学んで、早いとこ一山当てとくれ。あたしの生きているうちにね」

子供らの足は早い。源兵衛の言葉の半分も聞かないうちに姿は消えていた。

「あたしゃ、誰に話してるんだい？　お前かい」

源兵衛が箒《ほうき》に向かって呟いているところへ、がらりと戸を開けて常三郎が出て来た。胸許のはだけた着流し姿である。

「おやおや、ぞろっぺえな身形をして。何かありましたか」

「別に何もありやせんが、何もないってことが、あるってことですかね」

「こりゃ禅問答《は》だね」

源兵衛が掃く手を止めて、あの人、と言った。

「ほら、ここでお前さんを待っていた。あのお武家の娘さん」

「へい」悠のことだ、と察した。

「あの人、どうなりました？」

「あれから間もなく、長いこと患《わずら》っていたお父上が亡くなりましてね。今じゃ、お妾として気儘《きまま》に暮らしてますよ」

「……薬料を稼ぐために、泣きの涙で妾になったんだよね」

「へい」

「憑《つ》き物《もの》が落ちたってところかね」

「さあ、どうなんでしょうか」

悠が、父親の死の後、通い妾から丸囲いに変わったことは、口にしなかった。

「とにかく、女はしたたかだからね。男は勝てませんよ」

源兵衛は女房の春の様子を窺《うかが》いながら言った。

「これから、どこに？」

「あちこちの茶屋を覗いてみようと思いましてね」

「お妾になりそうなのを探しにかい？」

「そんなところで」

「羨《うらや》ましいね。あたしゃ、仕事を選び損《そこ》ねたね」

常三郎の後ろ姿を見送ってから、源兵衛は箒と塵取《ちりと》りを手にお店に入った。

「水も打ってくれたかい？」春が訊いた。

「いいや」

「どうして？」

「言われなかったからね」

「そう言うのを、気働きが足りないって言うんだよ。埃《ほこり》っぽいじゃないか。さっさと撒《ま》いとくれ」

渋々と源兵衛は井戸端へと向かった。その源兵衛が、悠を両国の広小路で見掛けたのは、翌年の三月、牡丹《ぼたん》の花が咲き始めた頃だった。

手習所は毎月一日、十五日、二十五日は休みとなる。

その日は十五日で休みなものだから、節句屋の仕事に駆り出された市助と仁平を除いた、三吉と四六と五作は朝から暇を持て余していた。

宮の手伝いもせずに、長屋中を駆けずり回っている。

「仕方ないね」

源兵衛は皆を木戸口に集めた。

「今、広小路に《砂絵描き》が来ているという話だ。おとなしくすると約束すれば、連れて行くけど、どうするね？」

《砂絵描き》とは、源頼光《みなもとのらいこう》の大江山《おおえやま》酒呑童子《しゆてんどうじ》成敗《せいばい》や孔雀《くじやく》の絵や文字などを、五色に染めた砂を握った拳《こぶし》から零《こぼ》しながら描く見世物だった。

三吉らが口々に、おとなしくする、と喚《わめ》き立てた。

「よし、じゃお宮姉ちゃんにも声を掛けてみな」

三吉と四六が路地に飛び込んだ。遅れて五作が駆け出した。

「行くって」

三吉と四六が戻り、また遅れて五作が戻って来た。

宮を加えた五人は、柳原通りを広小路へと向かった。

浅草御門の前を過ぎた辺りだった。広小路の方から来る女に、源兵衛はふと目を奪われた。どこかで見たことがある。

誰だろう？

女は、下働き風体の女を連れて、広小路の雑踏を抜け出して、浅草御門の方に向かっている。正面から向かい合う形になった。

見世物の帰りなのか、下女に話し掛け、口を開けて笑っている。

女の口から《桜屋《さくらや》》という料理茶屋の名が出た。桜屋は浅草御門を渡った茅町にあり、食にうるさい客に贔屓《ひいき》にされていた。

下女が嬉しげに頰を染めている。

女の目と源兵衛の目が、行き合った。女はちらと源兵衛を見たが、振り払うように視線を外した。

「……あの時の」

長屋の木戸口にいた女が瞼《まぶた》に蘇《よみがえ》った。女は、顔を背けたまま去って行った。

源兵衛は四六にそっと目を遣った。木戸口の女と、目の前を通った女が結び付かないのだろう。まるで気付いていない。

振り返って、女を見た。心なしか、背にも腰にも、肉が付いている。

「差配《さはい》さん」と宮が言った。「あそこじゃ、ありませんか」

広小路の一隅で、たくさんの人が身を乗り出すようにしていた。

「よし、行くぞ」

三吉の掛け声で、子供らが駆け出した。

「待ちなさい。あたしを置いて行くとは、何たることです」

源兵衛も駆け出そうとしたが、足が縺《もつ》れそうになってしまった。

前を見ると、子供らが横一列になって手招きをしている。

「はいはい」源兵衛が歩き出すと、駆け戻って来た子供らが背を押し、両の手を引いた。

こりゃ、帰りに甘いものでも奢《おご》らなければね。

源兵衛は、何を食べさせようかと考えながら、足を大きく踏み出した。

あとがきにかえて

佐藤《さとう》　亮子《りょうこ》

本書は、平成二十三年（二〇一一）一月、竹書房時代小説文庫書き下ろしとして刊行された作品の復刻版である。

数々の捕物帖《ちょう》シリーズを世に問い、平成二十一年には『戻り舟同心』（学研M文庫、後に祥伝社文庫）が【この文庫書き下ろし時代小説がすごい！】（宝島社）ベストシリーズ第三位に選ばれ、まさに時代小説家として脂《あぶら》が乗った時期の作品である。

この年長谷川卓《はせがわたく》は、『峰蔵《みねぞう》捕物歳時記　私雨《わたくしあめ》』に続いて、二月には後に嶽神伝《がくじんでん》シリーズに連なる『逆渡《さかわた》り』（毎日新聞社、後に講談社文庫）、さらに『雨乞《あまご》の左《そ》右吉《うきち》捕物話　狐森《きつねもり》』（徳間文庫、後に祥伝社文庫）を発表した。

次々と請《こ》われるままに新シリーズを企画していったが、基本的に非常に遅筆の作家である。年に三本書ければ"御の字"というスローペースであった。

無論、家計的には、書く本数を増やしてもらった方が助かるのだが、下手《へた》に急《せ》

かすのも如何《いかが》なものか、と思われた。本人もその辺《あた》りのことを気にしていたらしく、

「もっと速く書いて、年に少なくとも四、五本仕上げた方が良いのかなぁ？」

と少々不安げに、私に尋《たず》ねたことがあった。

子供の学費や、年寄りの入院費など、どこのご家庭でもそうだろうが、頭の痛い大きな出費は、生活していればどうしても出てくる。仕事の生産性が上がって、その分増収となれば、家計を預かる身としては有難《ありがた》い。

一方、作品が出来上がっていくのを一番身近で見ている者としては、速書きさせて良い結果が出るか？　と考えた時、首を大いに捻《ひね》らざるを得なかった。

すいすいと書けて、なおかつ良質な作品を次々と発表出来るタイプの作家さんも、たくさんいらっしゃる。どうやったらそれ程速く頭を回転させることが出来るのだろう、と舌を巻くのだが、その点うちの作家氏は、ともかく地道にコツコツ少しずつ、の人なのだ。サボっている訳ではない。毎日せっせと書いている。ただ、本人が納得して、これで良し、となるまでにやたら時間がかかるのである。

これはもう、純文学時代からそういうタイプの書き手なので、変えられない。

自分が「最高！」と思う文章を書けるまで妥協《だきよう》はしない。が、その自分の求める「最高」にたどり着くまでが、亀《かめ》の歩みなのである。

焦《あせ》って書いたところで、良い作品になるとは限らない。百パーセント、否、百二十パーセントで書きたいところを、七十パーセントくらいで出版することになってしまう。

結局のところ、作品は作者の手を離れて、後に残るものである。それなら少しでも良いものを残した方が、作家として、悔いのない人生を送ることができるのではないだろうか。

「家計は、多分、どうとでもなるから、無理に速書きするのはやめよう。自分が納得出来るものを書くのが良いんじゃないかな？」

と答えた。

夫はちょっとほっとした顔をして、

「いいの？　大丈夫なの？」

と言ったが、その後、この話題は二度と我が家で話されることはなかった。

仕方ない。惚《ほ》れた弱みである。やりくりするしかあるまい。

おかげさまで、贅沢《ぜいたく》は出来なくても、一家揃《そろ》って楽しく仲良く生活出来た。職業作家として、夫が頑張って書き続けてくれたからである。

愛読者の皆様には、もっともっとたくさんの作品を読んでいただきたかったが、そういう事情である。ただし、どの本も、本人の「一生懸命」が存分に詰まっている。楽しんで読んで下されば、とてつもなく嬉《うれ》しい。

さて、『峰蔵捕物歳時記　私雨』である。

ここに収録された五つの話は、捕物話を主体にしたものではない。一つの長屋に関わる多彩な人々の、それぞれの人生を描き出す、いわゆる長屋話である。元々古典落語のファンだった夫は、長屋話が大好きである。才槌《さいづち》長屋を差配する大家《おおや》の源兵衛《げんべえ》と店子《たなこ》たちとのやりとりは、是非落語のノリで味わっていただきたい。

昨今、育児放棄や児童の虐待が大きな社会問題となっているが、江戸時代でも、大きな問題だった。裕福な家庭で、何不自由なく育つ子ばかりではない。生まれるとすぐに間引きされたり、親を失ったり、あるいは親に捨てられて路頭に迷う子供たちがたくさんいた。

幕府も捨て子対策として、子供が捨てられていた町内で養育費を負担させるというシステムを構築してはいたが、それだけでは子供らの胸にぽっかり空《あ》いた風穴を埋めることは出来ない。自ら率先して子供らの行く末を見定めようとした、峰蔵たちのような善意の人たちがいたのだ。

有名なところでは、江戸時代初期の浄土宗の僧侶で呑竜《どんりゆう》（弘治《こうじ》二年〜元和《げんな》九年、一五五六〜一六二三）という人がいた。当時は、子供を食べさせていけないからと、堕胎《だたい》に走る風潮が著《いちじる》しく、これを悲しんで赤子を寺で養育し、「子育て呑竜」と呼ばれたそうである。

赤の他人の子を引き取り、慈《いつく》しんで育てる、というのは、口で言う程簡単ではないだろう。岡《おか》っ引《ぴき》の峰蔵と大家の源兵衛が協力して、長屋の一室を子供らに提供し、さらに節句屋を営む峰蔵の女房お駒《こま》らが、大人に交じって自ら働ける場を与え、子供らの「居場所」を作っていく。

長屋の住人たちも、子供らの成長をおおらかに見守っている。そこにまた、大人の店子たちそれぞれの事情が絡《から》み合い、笑いがあり、喜びが生まれてくる。人は、人と交わることで、人としての暮らしを作っていくのではないか、と思う。

第二話「私雨」の又八《またはち》と子供らが湯に浸《つ》かるシーンを読み直して、夫が学童保育の子供たちと陽気に騒《さわ》いでいた姿が目に浮かんだ。

夏休み。喜々としてプールに日参し、子供らと一緒にプールに入ってじゃれあっていた。特に男の子たちには、いつも遊んでくれるおもしろいおじさんとして、絶大な人気があった。やんちゃ坊主《ぼうず》たちをプールの中で担ぎ上げ、

「それぇっ！」

ドッボーン、と水に放り投げる遊びが大うけで、「僕も！　僕も！」と次から次へと並んでいた。「もう一回！」と言いながら、何度も並ぶ子供もいた。

夫は張り切りすぎて、少々肩と腰を傷《いた》めてしまい、後日うんうん唸《うな》っていたが、それもまたご愛敬《あいきょう》であった。

『私雨』全五話で数えてみたら、食べ物が登場するシーンが十一箇所もあった。食いしん坊の面目《めんもく》、躍如《やくじょ》である。

純文学を書いていた時代から、どういう訳か食べ物のシーンを褒《ほ》められる作家である。

「別に詳しく書いている訳でもないし、何気《なにげ》なく書いてるシーンなのに、どうし

てだろう？」

と当人は不思議がっていたが、そこはそれ、文章の呼吸というものかもしれない。何かを食べて、リアルに「美味《うま》い！」と思った瞬間を、自然と筆にしていたのだと思う。

ちなみに純文学時代に評価されたのは、天ぷら定食を食べているところと、卵をゆでているシーンである。

「他のところの方が気合い入れて書いているのにねぇ」

とさかんに首をかしげていたが、殊更《ことさら》こねくり回して格調高く作り上げた文章より、心の底からの思いをそのまま書いた方が、真実により近い。妻の目から見ても、何故《なぜ》かとても美味しそうに見える。つい、今夜の夕食はこれにしようか、となったりする。

第四話の「夕日」に登場する風変わりな涼菓「蛙《かえる》の卵」は、本人が突如ひらめいて、是非入れたい、となったものである。心太《ところてん》も黒蜜《くろみつ》も好物なので、思い付いたらしいのだが、ある日いきなりドタドタと走ってきて、

「ねぇ、ねぇ、おもしろいこと思い付いちゃった。蛙の卵ってどうかな？」

といきなり叫《さけ》んだ。何がどうして蛙の卵なのか、さっぱり分からない。ネイチャー番組でも観《み》ていたのか？　と思ったが、どうやら菓子を食べるシーンを考えていたらしい。おもしろいアイデアを思い付くと、後先考えず、全てをすっ飛ばして話し出すのが困る。自分の頭の中では、これこれのシーンで菓子を食べるのだが、それがちょっとユニークなもので……と筋道を立てて考えているのだろうが、こちらは今、現在何を書いているのか、とんとご存じない。自分が考えていることは、即座に私にも了解されている、と思い込んでいたフシがある。自分の脳と私の脳が、Ｂｌｕｅｔｏｏｔｈで繋《つな》がっているような気がしていたのだろうか。困ったものである。

本人の興奮をドウドウと抑えて、順を追って説明させ、ともかく話の大要をたぐり寄せる。「蛙の卵」風の菓子を食べるシーンだと納得するまでに、しばらくかかった。

それにしても、「蛙の卵」とは、いささかシュールなイメージのネーミングである。作品の中では、さほど気味悪く描かれている訳でもなく、夏の暑さをしのぐ絶好の涼菓と見える。昨今の猛暑なら、ちょっと自宅で真似《まね》してみても良い。つるっとした咽喉《のど》越しを楽しむのも一興かと思われる。

第三話の「討《う》っ手《て》」では、煮売り酒屋でのシーンがある。
「摘入《つみれ》を箸《はし》で千切《ちぎ》り、口に運ぶ。生姜《しょうが》をたっぷりと入れた、濃い煮汁が染《し》みていた。慣れ親しんだ味だった。」

ここを読んだ途端、ああ、そういえば、夫の好物の一つは、お義母《かあ》さんの手作り摘入だったな、と唐突に思い出した。

私は、魚料理などろくに作れないが、義母は丁寧に鰯《いわし》を開き、内臓を取り除き、摘入を作っていたそうだ。ほかほかの湯気に生姜の香り、口中でほぐれる摘入の優しさ。夫の心にいつも生きていた、懐かしいおふくろの味である。

追われる身となり、いよいよ切羽詰まっていた浪人・笹岡小平太《ささおかこへいた》。意を決して、姿を晒《さら》そうと馴染《なじみ》の店に足を踏み入れた。摘入を口に入れた瞬間、この慣れ親しんだ味を捨てていかねばならぬ己《おのれ》の生きざまに、何を思ったのだろうか。

第二話に登場する湯灌場《ゆかんば》買いの又八は、世をすねた老爺《ろうや》である。長屋の子供らにも、毎朝「うるせぇ」と大声で怒鳴りつける。

ある日、思いがけない事件に出会い、心波打つままに大酒をして、若い者にからむが、逆に叩《たた》きのめされる。口だけは達者だが、てんで意気地《いくじ》がない。殴《なぐ》られ、蹴《け》られ、腰が立たなくなる。這《は》うようにして長屋に帰り着く。我ながら馬鹿なことをした、と唸っていると、長屋の住人・多兵衛《たへえ》が心配して様子を見に来てくれる。自分はいたわられるような者じゃねぇ、勘弁してくれ、俺なんかに構ってくれるな。

多兵衛ばかりでなく、子供らも耳ざとく又八の異変に気が付く。普段は子供らを怒鳴りつけるばかりの又八が、その日に限って一言も怒鳴らないので、様子が変だ、と思ったのだ。すぐさま熱い味噌汁と握り飯を運んで来てくれた子供らに、又八は「……ありがとよ」と言ったきり、言葉が出てこない。

「手を伸ばして味噌汁を啜《すす》った。具は豆腐と油揚げだった。咽喉から胃の腑《ふ》に落ちていった。うめぇ。握り飯にかぶりついた。昆布の佃煮が入っていた。」

人は日々、何かしらずしりと重いものを背負って生きている。それは怒りであったり、やるせなさであったり、あるいは妬《ねた》み、時には身の置き所のない苦しさ、恥ずかしさかもしれない。幸せそうな奴らが恨《うら》めしい。何もかもぶち壊してしまいたい。どろどろとしたものが身の内に溢《あふ》れかえる。誰かに投げつけてやりたい。どうして自分ばかりがこんな毎日なのだろう。

結局自分は、人様に相手にしてもらえるような大層な人間ではないのだ。いっそこのまま、誰にも知られず、死んでしまった方が良いのかもしれない……。

たいていの人は、大きなため息とともに、心の奥底に重い荷物をしまい込み、肩を落とす。どうせ、自分など。どうせ、何も変わりはしない。ならば、このまま、ひっそり隠しておこう。

又八のどろどろとした重い荷物は、子供らの心尽くしの朝飯の中に、溶《と》けていった。一杯の熱い味噌汁、何ということもない、一かたけの握り飯。それらは、又八の心に巣くう闇《やみ》を払った。又八は、子供らの心を、味噌汁と握り飯ごと食べたのだ。

身に染みる食は、心を癒《い》やす大きな力を持つ。そもそも人は皆、その食べた物によって出来ている。日々食べてきた物が、文字通り血となり肉となりして、前に向かって進んでいくための力となるのだ。

食いしん坊作家が描いた江戸の素朴《そぼく》な味は、素朴さゆえに誰もが懐かしく思う味だろう。物語とともに、それぞれの味を楽しんでいただければ、と切に願う。

令和四年十一月　　静岡にて

定食屋でサンマを楽しむ食いしん坊作家（2018年6月）

注・本作品は、平成二十三年一月、竹書房時代小説文庫より刊行された『峰蔵捕物歳時記　私雨』を妻・佐藤亮子氏のご協力を得て、加筆・修正したものです。

私雨　峰蔵捕物歳時記

一〇〇字書評

切・り・取・り・線

購買動機（新聞、雑誌名を記入するか、あるいは○をつけてください）	
□（　　　　　　　　　　　　）	の広告を見て
□（　　　　　　　　　　　　）	の書評を見て
□ 知人のすすめで	□ タイトルに惹かれて
□ カバーが良かったから	□ 内容が面白そうだから
□ 好きな作家だから	□ 好きな分野の本だから

・最近、最も感銘を受けた作品名をお書き下さい

・あなたのお好きな作家名をお書き下さい

・その他、ご要望がありましたらお書き下さい

住所	〒				
氏名		職業		年齢	
Eメール	※携帯には配信できません	新刊情報等のメール配信を 希望する・しない			

この本の感想を、編集部までお寄せいただけたらありがたく存じます。今後の企画の参考にさせていただきます。Eメールでも結構です。

いただいた「一〇〇字書評」は、新聞・雑誌等に紹介させていただくことがあります。その場合はお礼として特製図書カードを差し上げます。

前ページの原稿用紙に書評をお書きの上、切り取り、左記までお送り下さい。宛先の住所は不要です。

なお、ご記入いただいたお名前、ご住所等は、書評紹介の事前了解、謝礼のお届けのためだけに利用し、そのほかの目的のために利用することはありません。

〒一〇一‐八七〇一
祥伝社文庫編集長　清水寿明
電話　〇三（三二六五）二〇八〇

祥伝社ホームページの「ブックレビュー」からも、書き込めます。
www.shodensha.co.jp/bookreview

祥伝社文庫

私　雨《わたくしあめ》　峰蔵捕物歳時記《みねぞうとりものさいじき》

令和 4 年 12 月 20 日　初版第 1 刷発行

著　者　長谷川《はせがわ》　卓《たく》
発行者　辻　浩明
発行所　祥伝社《しょうでんしゃ》
東京都千代田区神田神保町 3-3
〒 101-8701
電話　03（3265）2081（販売部）
電話　03（3265）2080（編集部）
電話　03（3265）3622（業務部）
www.shodensha.co.jp
印刷所　堀内印刷
製本所　ナショナル製本
カバーフォーマットデザイン　中原達治

Printed in Japan ©2022, Ryoko Sato　ISBN978-4-396-34858-8 C0193

祥伝社文庫の好評既刊

長谷川 卓
雨乞《あまごい》の左右吉《そうきち》捕物話
下っ引の左右吉は、顔馴染の女掏摸から殺しの下手人探しを頼まれ、探索に乗り出すが、親分からは止められ——。

長谷川 卓
狐森《きつねもり》 雨乞《あまごい》の左右吉《そうきち》捕物話
消えた旧友は店の売上を盗み、強請りもしていた？　そんなはずはねえ。だが左右吉が追うと暗い繋がりが明らかに。

長谷川 卓
柳生《やぎゅう》七星剣《しちせいけん》
柳生家が放った暗殺集団「七星剣」。政争に巻き込まれた若き武芸者は、刺客を倒し暗殺を止めることができるか？

長谷川 卓
柳生《やぎゅう》双龍剣《そうりゅうけん》
熊野、伊勢、加賀……執拗に襲い掛かる異能の暗殺集団の正体とは？　〝二頭の龍〟が苛烈に叩っ斬る！

長谷川 卓
柳生《やぎゅう》神妙剣《しんみょうけん》
御三家の柳生新陰流の剣術指南役が次々と襲われた。「柳生狩り」を阻止すべく、己を超えた〝神妙の剣〟で挑む！

長谷川 卓
父と子と 新・戻り舟同心①
死を悟った大盗賊は、昔捨てた子を捜しに江戸へ。彼の切実な想いを知った伝次郎は、一肌脱ぐ決意をする——。